ルイ・ブライユ

～暗闇に光を灯した十五歳の点字発明者～

山本徳造／著
松浦麻衣／イラスト　広瀬浩二郎／監修

★小学館ジュニア文庫★

Characters 登場人物紹介《とうじょうじんぶつしょうかい》

ルイ・ブライユ

暗闇《くらやみ》に光《ひかり》を灯《とも》した十五歳《じゅうごさい》の点字発明者《てんじはつめいしゃ》

シモン＝ルネ・ブライユ
Simon-René Braille

ルイの父親《ちちおや》。馬《うま》の鞍《くら》などを作《つく》る
馬具職人《ばぐしょくにん》を営《いとな》んでいる。
ルイのことをいつも気《き》にかけている。

モニク・ブライユ
Monique Braille

ルイの母親《ははおや》。末《すえ》っ子《こ》ルイの将来《しょうらい》を案《あん》じ、パリの盲学校《もうがっこう》へ行《い》かせることに。

ジャック・パリュイ神父《しんぷ》
Jacques Palluy

クーヴレ村《むら》の神父《しんぷ》。
ルイの聡明《そうめい》さに気付《きづ》き、
パリ盲学校《もうがっこう》へ通《かよ》うように進言《しんげん》する。

ルイ・ブライユ
Louis Braille

1809年《ねん》、フランス・パリの東方《とうほう》にあるクーヴレ村《むら》に生《う》まれる。3歳《さい》のときに負《お》ったケガにより、5歳《さい》で全盲《ぜんもう》となる。パリの盲学校《もうがっこう》で目《め》の見《み》えない人《ひと》のための文字《もじ》・点字《てんじ》を発明《はつめい》する。

Contents もくじ

ギリエ校長《こうちょう》
Sébastien Guillié

パリ盲学校《もうがっこう》の校長《こうちょう》。礼儀《れいぎ》を重視《じゅうし》した。音楽《おんがく》への理解《りかい》が深《ふか》い。

イポリット
Hippolyte Coltat

ルイの親友《しんゆう》。ルイ、ガブリエルとともに盲学校《もうがっこう》の正教師《せいきょうし》になる。

ピニエ校長《こうちょう》
Alexandre François-René Pignier

パリ盲学校《もうがっこう》の校長《こうちょう》。穏《おだ》やかな性格《せいかく》で、ルイの点字《てんじ》のよき理解者《りかいしゃ》でもあった。

シャルル・バルビエ
Charles Barbier

元砲兵隊長《もとほうへいたいちょう》。夜《よる》の戦闘用《せんとうよう》に開発《かいはつ》した「夜間文字《やかんもじ》」を改良《かいりょう》した「ソノグラフィー」を盲学校《もうがっこう》に持《も》ち込《こ》んだ。

ガブリエル
Gabriel Gauthier

ルイの親友《しんゆう》。優《すぐ》れた演奏家《えんそうか》で作曲家《さっきょくか》。盲学校《もうがっこう》のオーケストラの指揮者《しきしゃ》になった。

プロローグ

あなたは、「点字《てんじ》」を知《し》っていますか？

文字通《もじどお》り、紙面《しめん》に浮《う》き出《で》た点《てん》で、目《め》の見《み》えない人《ひと》たちが、さわって読《よ》んだり書《か》いたりするための文字《もじ》のことです。

あなたも、ぽつぽつと規則的《きそくてき》に並《なら》んだ点《てん》に、一度《いちど》はふれたことがあるはずです。

目《め》の見《み》える人《ひと》は、普段《ふだん》の生活《せいかつ》で使《つか》っていないので、点字《てんじ》がどこにあるか聞《き》かれても、あまりピンとこないかもしれません。

しかし、気《き》をつけて探《さが》してみると、私《わたし》たちの身近《みぢか》にはたくさんの点字《てんじ》があることがすぐにわかるでしょう。

では、みなさんが暮《く》らしている家《いえ》の中《なか》から探《さが》してみましょう。

家電製品《かでんせいひん》には点字《てんじ》の表示《ひょうじ》が多《おお》く使《つか》われています。洗濯機《せんたくき》のスタートボタンをはじめ、掃除機《そうじき》、冷蔵庫《れいぞうこ》、食洗器《しょくせんき》、電子《でんし》レンジ、炊飯器《すいはんき》、扇風機《せんぷうき》など、点字《てんじ》のまったくないもののほうが珍《めずら》しいくらいです。

次《つぎ》に冷蔵庫《れいぞうこ》をあけてみましょう。未成年《みせいねん》のみなさんは飲《の》んではいけませんが、冷蔵庫《れいぞうこ》の中《なか》に入《はい》っている缶《かん》ビールの上《うわ》ぶたを見《み》てみると、そそぎ口《ぐち》のそばに点字《てんじ》で「おさけ」と表示《ひょうじ》されています。これで、他《ほか》の飲《の》みものと区別《くべつ》できます。それにケチャップやソース、ジャムの容器《ようき》にも点字《てんじ》が。

また、点字《てんじ》ではありませんが、ユニバーサル・デザインといって、凸線《とっせん》でそのはたらきを示《しめ》しているものもあります。電卓《でんたく》や電話《でんわ》の「5」のボタンには凸点《とってん》が、パソコンの「F《エフ》」「J《ジェイ》」のキーに短《みじか》い棒線《ぼうせん》が浮《う》き出《で》ているのがそれですが、あんがい知《し》らない人《ひと》が多《おお》いかもしれません。

そして、お風呂《ふろ》に行《い》ってみると、シャンプーの容器《ようき》の側面《そくめん》にも凸線《とっせん》があるのに気《き》づくはずです。目《め》を閉《と》じたままでもシャンプーとリンスやコンディショナーを区別《くべつ》できるように、シャンプーのボトルにだけギザギザがついています。

では、家《いえ》から外《そと》に出《で》てみましょう。

デパートやショッピングモールの案内板《あんないばん》、郵便《ゆうびん》ポスト、公衆《こうしゅう》トイレ、銀行《ぎんこう》のATM《エーティーエム》にも点字《てんじ》が使《つか》われています。もちろん、横断歩道手前《おうだんほどうてまえ》には黄色《きいろ》い点字《てんじ》ブロック（視覚障害者用《しかくしょうがいしゃよう》誘導《ゆうどう》ブロック）が。エレベーターの階数表示《かいすうひょうじ》パネルや横断歩道《おうだんほどう》のそばにある音響式信号機《おんきょうしきしんごうき》のボタンにも点字《てんじ》がついているのは、今《いま》や常識《じょうしき》です。

次《つぎ》は駅《えき》に行《い》ってみましょう。

券売機《けんばいき》をじっくり見《み》てみてください。コイン投入口《とうにゅうぐち》のすぐ近《ちか》くに点字《てんじ》があることに気《き》づくでしょう。電卓《でんたく》のようなテンキーを使《つか》えば、目《め》の見《み》えない人《ひと》も自分《じぶん》で切符《きっぷ》を買《か》うことができるというわけです。

さらに券売機《けんばいき》のそばに掲《かか》げられている運賃表《うんちんひょう》にも点字《てんじ》があります。黒《くろ》で書《か》かれた数字《すうじ》は目《め》の見《み》える人用《ひとよう》です。目《め》を近《ちか》づけてください。透明《とうめい》の点字《てんじ》が黒字《くろじ》に重《かさ》なっているのがわかるでしょう。

駅《えき》にあるトイレの出入《でい》り口《ぐち》にも点字案内《てんじあんない》があります。また、ホームへの階段《かいだん》の手《て》すりには番線《ばんせん》の案内《あんない》をする点字《てんじ》の金属板《きんぞくばん》などが貼《は》られているので、スムーズに目的《もくてき》のホームまでたどり着《つ》けるでしょう。

このように私《わたし》たちの身《み》の回《まわ》りには、想像以上《そうぞういじょう》に、点字《てんじ》があふれています。

それなのに、点字《てんじ》を発明《はつめい》したルイ・ブライユの名《な》はあまり知《し》られていません。

ちなみに、英語《えいご》で点字《てんじ》をあらわす単語《たんご》は「braille《ビーアールエーアイエルエルイー》」です。英語《えいご》では「ブレイル」と発音《はつおん》しますが、フランス語《ご》では「ブライユ」と発音《はつおん》します。つまり、発明者《はつめいしゃ》の名前《なまえ》がそのまま点字《てんじ》を意味《いみ》するようになったのです。

それほどルイ・ブライユの功績《こうせき》は大《おお》きいものでした。ルイ・ブライユの開発《かいはつ》した点字《てんじ》アルファベットは世界中《せかいじゅう》に普及《ふきゅう》し、多《おお》くの視覚障害者《しかくしょうがいしゃ》に文字《もじ》を読《よ》み書《か》きする喜《よろこ》びや自由《じゆう》を与《あた》えました。彼《かれ》らの将来《しょうらい》にたくさんの希望《きぼう》をもたらしたのです。

では、この点字《てんじ》が世《よ》に出《で》るまで、目《め》の見《み》えない人《ひと》は文字《もじ》を読《よ》むことができなかったのかというと、そうではありません。文字《もじ》を木《き》や紙《かみ》に盛《も》り上《あ》げた「浮《う》き出《だ》し文字《もじ》」で読《よ》むこともできましたし、また紐《ひも》の結《むす》び目《め》で文字《もじ》をあらわす「結《むす》び文字《もじ》」というものもありました。

しかし、問題《もんだい》は読《よ》み書《か》きするスピードでした。

指《ゆび》でさわって、それがどういう文字《もじ》なのかを判断《はんだん》するのが簡単《かんたん》ではなかったのです。時《じ》間《かん》がかかりすぎましたし、その文字《もじ》を書《か》くのも大変《たいへん》で、あまり実用的《じつようてき》ではありませんでした。

その点《てん》、ルイ・ブライユの発明《はつめい》した点字《てんじ》は画期的《かっきてき》でした。読《よ》むのも、そして書《か》くのも、はるかに簡単《かんたん》になったのです。点字《てんじ》のおかげで、視覚障害《しかくしょうがい》者用《しゃよう》の本《ほん》もぐっと小《ちい》さくなり、発行《はっこう》される部数《ぶすう》も飛躍的《ひやくてき》に増《ふ》えました。点字《てんじ》がより身近《みぢか》な存在《そんざい》になったのは言《い》うまでもありません。

では、従来《じゅうらい》の浮《う》き出《だ》し文字《もじ》とルイ・ブライユの点字《てんじ》は、どこがちがったのでしょうか。また、ルイ・ブライユとは、どんな人物《じんぶつ》だったのか。まずはその生《お》い立《た》ちを追《お》ってみましょう。

パリ郊外《こうがい》のクーヴレ村《むら》

ときは一八〇九年《ねん》にさかのぼります。
フランス王妃《おうひ》のマリー・アントワネットがギロチンで処刑《しょけい》されてから十六年《じゅうろくねん》が経《た》っていました。

パリ東方四十《とうほうよんじっ》キロにあるクーヴレという村《むら》は、なだらかな草原《そうげん》の丘《おか》の斜面《しゃめん》にあります。谷《たに》からは、マーヌ川《がわ》が流《なが》れているのが見《み》えます。村人《むらびと》たちの多《おお》くは、ブドウや穀物《こくもつ》の畑《はたけ》で働《はたら》く農民《のうみん》で、いかにもフランスらしいのどかな村《むら》でした。

年《とし》が明《あ》けたばかりの一月四日《いちがつよっか》、この村《むら》で馬具屋《ばぐや》を営《いとな》むブライユ家《け》に一人《ひとり》の男《おとこ》の子《こ》が生《う》まれます。男《おとこ》の子《こ》はルイと名《な》づけられました。

父親《ちちおや》のシモン＝ルネは、馬《うま》の鞍《くら》や手綱《たづな》などの馬具《ばぐ》だけでなく、革製《かわせい》の靴《くつ》などもつくる職《しょく》人《にん》です。当時《とうじ》のフランスでは、他《ほか》のヨーロッパの国々《くにぐに》と同《おな》じように、父親《ちちおや》の職業《しょくぎょう》を息子《むすこ》が継《つ》ぐのは普通《ふつう》のこと。シモン＝ルネもその例外《れいがい》ではなく、父親《ちちおや》の跡《あと》を継《つ》いだ二代目《にだいめ》の馬具《ばぐ》職人《しょくにん》でした。

当時《とうじ》の畑仕事《はたけしごと》に馬《うま》は欠《か》かせません。もちろん、今《いま》のような車社会《くるましゃかい》ではないので、畑《はたけ》を耕《たがや》すのは、ガソリンで動《うご》くトラクターではなく、農耕馬《のうこうば》でした。収穫《しゅうかく》した農作物《のうさくもつ》を市場《いちば》に運《はこ》ぶのも荷馬車《にばしゃ》です。村人《むらびと》にとって、馬《うま》は普段《ふだん》の生活《せいかつ》の中《なか》で大《たい》切《せつ》な財産《ざいさん》でした。だから、馬具職人《ばぐしょくにん》が大変重宝《たいへんちょうほう》されていたのです。なかでも村人《むらびと》たちからもっとも頼《たよ》りにされていたのは、シモン＝ルネの馬具屋《ばぐや》でした。

なぜなら、彼《かれ》のつくる馬具《ばぐ》は、革《かわ》ひもや頭絡《とうらく》（馬《うま》の頭部《とうぶ》に取《と》りつける馬具《ばぐ》）など、どれをとってみても、きれいな装飾《そうしょく》がほどこされていたからです。しかも、つくりがとても丁《てい》寧《ねい》なので、まるで美術品《びじゅつひん》のようだったと伝《つた》えられています。

そんな完璧《かんぺき》な馬具《ばぐ》をつくるシモン＝ルネは、それこそ「職人中《しょくにんちゅう》の職人《しょくにん》」でした。一家《いっか》馬具《ばぐ》づくりだけが、ブライユ家《け》の収入《しゅうにゅう》だったのかというと、そうではありません。

は三《さん》ヘクタール以上《いじょう》の畑《はたけ》も所有《しょゆう》し、牛《うし》とニワトリも飼《か》っていました。ただし畑《はたけ》と家畜《かちく》からの収入《しゅうにゅう》はささやかなもので、けっして豊《ゆた》かな生活《せいかつ》ではありませんでした。

それでも、一家《いっか》には笑《わら》い声《ごえ》が絶《た》えませんでした。ごくごくへいぼんな生活《せいかつ》でしたが、家《か》族全員《ぞくぜんいん》が幸《しあわ》せを感《かん》じていたようです。

ルイが生《う》まれたとき、シモン＝ルネと五歳年下《ごさいとしした》の妻《つま》モニクとの間《あいだ》には、すでに三人《さんにん》の子《こ》どもがいました。長女《ちょうじょ》のカトリーヌ、長男《ちょうなん》のルイ＝シモン、そして次女《じじょ》のセリーヌです。長女《ちょうじょ》は十五歳《じゅうごさい》、長男《ちょうなん》は十三歳《じゅうさんさい》、次女《じじょ》は十一歳《じゅういっさい》でした。三人《さんにん》の子《こ》どもたちは、ずいぶん年《とし》の離《はな》れた弟《おとうと》の誕生《たんじょう》を素直《すなお》に喜《よろこ》んだことでしょう。

しかし、生《う》まれたばかりのルイは、元気《げんき》な赤《あか》ちゃんというイメージからはほど遠《とお》い赤《あか》ん坊《ぼう》でした。

「オギャー、オギャー！」

と泣《な》くこともあまりなかったようです。小《ちい》さくて、見《み》るからに弱々《よわよわ》しく、母乳《ぼにゅう》を吸《す》うのもつらそうでした。家族《かぞく》の誰《だれ》もが、いつ死《し》んでもおかしくはないと思《おも》っていたようです。

（天国《てんごく》に行《い》けますように）

と、両親《りょうしん》はルイが生《う》まれた三日後《みっかご》には洗礼《せんれい》を受《う》けさせています。それも無理《むり》はありません。当時《とうじ》の赤《あか》ちゃんの生存率《せいぞんりつ》は、今《いま》では想像《そうぞう》もできないくらい低《ひく》かったからです。

ルイが生《う》まれたころのフランスでは、一歳未満《いっさいみまん》の乳児《にゅうじ》の死亡率《しぼうりつ》は約二十五《やくにじゅうご》パーセント、つまり四人《よにん》に一人《ひとり》が最初《さいしょ》の誕生日《たんじょうび》を迎《むか》える前《まえ》に亡《な》くなっていました。だから、生《う》まれて間《ま》もないルイが数週間《すうしゅうかん》、いや数日《すうじつ》も経《た》たないうちに亡《な》くなったとしても不思議《ふしぎ》ではなかったのです。

「この子《こ》、死《し》んだりしないわよね」

赤《あか》ちゃんの顔《かお》をのぞきながら次女《じじょ》のセリーヌが心配《しんぱい》そうにつぶやきました。

「何《なに》を言《い》っているの、セリーヌ。縁起《えんぎ》でもないことを言《い》うんじゃないの」

母親《ははおや》のモニクが口《くち》をとがらせます。

「だって……」

「心配《しんぱい》ないさ」

父親《ちちおや》のシモン＝ルネが明《あか》るい声《こえ》でさえぎりました。

「おまえのお兄《にい》さんもカトリーヌも赤《あか》ちゃんのときはみんな同《おな》じだった。でも、今《いま》じゃ、みんなじょうぶに育《そだ》っているじゃないか。そうだろ。だから、何《なに》も心配《しんぱい》することはない」

そう言《い》いながらも、シモン＝ルネは末《すえ》っ子《こ》のルイのことが心配《しんぱい》で仕方《しかた》がありませんでした。なにしろシモン＝ルネが四十四歳《よんじゅうよんさい》、妻《つま》が三十九歳《さんじゅうきゅうさい》のときに授《さず》かった子《こ》どもです。両親《りょうしん》とも、それこそルイを目《め》の中《なか》に入《い》れても痛《いた》くはなかったことでしょう。

（ルイ、頼《たの》むからじょうぶに育《そだ》ってくれよ。神様《かみさま》、どうか息子《むすこ》をお守《まも》りください）

シモン＝ルネは心《こころ》の中《なか》で祈《いの》る日々《ひび》でした。

そんな周囲《しゅうい》の心配《しんぱい》を振《ふ》り払《はら》うかのように、ルイはすくすくと育《そだ》ちます。

好奇心《こうきしん》が人一倍《ひといちばい》強《つよ》く、なんにでも興味《きょうみ》を持《も》つ無邪気《むじゃき》な末《すえ》っ子《こ》は、家族《かぞく》からだけでなく、近所《きんじょ》の人《ひと》たちにもかわいがられました。まさにブライユ家《け》のアイドルのような存在《そんざい》だったのです。

誰《だれ》からもちやほやされ、どんなイタズラをしても大目《おおめ》に見《み》られ、両親《りょうしん》からも本気《ほんき》で叱《しか》られないルイにしてみれば、毎日《まいにち》が本当《ほんとう》に楽《たの》しかったことでしょう。

(僕《ぼく》って、天使《てんし》かもしれない)

幼《おさな》いルイがそう思《おも》ったとしてもおかしくはありません。

ところが、そんなルイにある日突然《ひとつぜん》、悲《かな》しい出来事《できごと》が起《お》こります。

好奇心旺盛《こうきしんおうせい》なルイ

ルイが三歳《さんさい》のときでした。

いつものように、ルイは父親《ちちおや》の仕事場《しごとば》にいました。それが末《すえ》っ子《こ》のルイが自分《じぶん》で決《き》めた日課《にっか》だったのです。

シモン＝ルネが真剣《しんけん》な面持《おもも》ちで器用《きよう》にキリを動《うご》かし、革《かわ》に穴《あな》を開《あ》けているのを、幼《おさな》いルイはじっと見《み》つめていました。しかし、好奇心《こうきしん》が旺盛《おうせい》なルイのことです。見《み》つめているだけでは満足《まんぞく》できなかったのでしょう。

「パパ、僕《ぼく》も手伝《てつだ》いたいよォ」

と甘《あま》えた声《こえ》で父親《ちちおや》にせがみました。

「いいかい、ルイ」

シモン＝ルネは険《けわ》しい表情《ひょうじょう》で息子《むすこ》の目《め》を見《み》ました。

「なーに、パパ」

「おまえはまだ幼《おさな》い。父《とう》さんのあつかっている刃物《はもの》はすごく鋭《するど》いから、ちょっと油断《ゆだん》すると大《おお》ケガをする。だから、もう少《すこ》し大《おお》きくなってからパパを手伝《てつだ》ってくれ」

そうルイをさとすシモン＝ルネでしたが、心《こころ》の中《なか》は嬉《うれ》しさでいっぱいです。思《おも》わず笑顔《えがお》になってしまいそうになるのを必死《ひっし》でこらえながら、シモン＝ルネは作業《さぎょう》をつづけました。

そして、しばらくしてから、シモン＝ルネが仕事場《しごとば》を離《はな》れなければならないことが起《お》きたのです。

仕事場《しごとば》の外《そと》にお客《きゃく》が訪《たず》ねてきたのか、あるいは重要《じゅうよう》な急用《きゅうよう》でもできたのでしょうか。それとも突然《とつぜん》、外《そと》が騒《さわ》がしくなったので、その様子《ようす》を見《み》るために仕事場《しごとば》をとび出《だ》したのでしようか。

じつはこの年《とし》の六月《ろくがつ》、フランスの皇帝《こうてい》ナポレオン一世《いっせい》が六十四万《ろくじゅうよんまん》の大軍《たいぐん》を率《ひき》いてロシアに攻《せ》め込《こ》みます。

いったいなぜ攻《せ》め込《こ》んだのでしょうか。

ロシアのアレクサンドル一世《いっせい》が、ナポレオンの出《だ》したイギリスとの交易《こうえき》を禁《きん》ずる「大陸《たいりく》封鎖令《ふうされい》」を無視《むし》してイギリスへの穀物輸出《こくもつゆしゅつ》をつづけていました。それにナポレオンが怒《おこ》ったのです。そしてロシアに攻《せ》め込《こ》んだナポレオンは九月《くがつ》にロシアの都市《とし》、モスクワに入城《にゅうじょう》しました。

ところが、退却《たいきゃく》するロシア軍《ぐん》がモスクワの街《まち》に火《ひ》をつけ、ナポレオン軍《ぐん》の食糧《しょくりょう》を手《て》に入《い》れる道《みち》すじを断《た》ってしまいます。そのためナポレオン軍《ぐん》は退却《たいきゃく》せざるをえませんでした。

しかも「冬将軍《ふゆしょうぐん》」といわれるロシアの厳《きび》しい冬《ふゆ》の寒気《かんき》のせいで、大《おお》きな犠牲《ぎせい》を出《だ》したのです。

こうしてナポレオン軍《ぐん》のロシア遠征《えんせい》は大失敗《だいしっぱい》に終《お》わりました。

ルイたちが住《す》むクーヴレ村《むら》にも、ロシアから逃《に》げ帰《かえ》ったナポレオンの兵隊《へいたい》が通《とお》ったことでしょう。

（なんだろう？　いやに外《そと》が騒《さわ》がしい。ちょっと外《そと》に出《で》て様子《ようす》を見《み》てみよう）

そう思《おも》って外《そと》に出《で》たのかもしれません。

いずれにしても、用心深《ようじんぶか》くて慎重《しんちょう》なシモン＝ルネが、好奇心旺盛《こうきしんおうせい》な子《こ》どもを一人《ひとり》だけ残《のこ》して仕事場《しごとば》を離《はな》れるには、よほどの理由《りゆう》があったにちがいありません。

こうして、ルイは仕事場《しごとば》にたった一人《ひとり》で残《のこ》されました。

しかし、ルイにとって、父親《ちちおや》と同《おな》じことをするには、またとないチャンスです。作業机《さぎょうづくえ》に手《て》を伸《の》ばしたルイは、父親《ちちおや》が穴《あな》を開《あ》けようとしていた革《かわ》を手《て》に取《と》りました。そして、すぐそばに置《お》かれていたキリをつかみ、

（パパ、僕《ぼく》だってできるんだ）

と意気込《いきご》んで穴《あな》を開《あ》けようとしました。しかし、なんといってもまだ三歳《さんさい》の子《こ》どもです。思《おも》うように力《ちから》が入《はい》りません。

（おかしいな。パパにはできるのに……）

同《おな》じことを何度《なんど》もくり返《かえ》すうちに手《て》もふるえてきました。

しかし、そんなことでルイはあきらめませんでした。深呼吸《しんこきゅう》をしてから、ルイはもう一度《いちど》革《かわ》をしっかりとつかみなおします。そして、もう片方《かたほう》の手《て》でキリをつかみ、エイッとばかりに力《ちから》を込《こ》めました。しかし、キリは革《かわ》の上《うえ》をすべり、ルイの顔《かお》に向《む》かったのです。

失《うしな》われた光《ひかり》

「ギャ〜！」

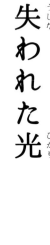

工房《こうぼう》からルイの悲鳴《ひめい》が聞《き》こえてきました。

父親《ちちおや》が仕事場《しごとば》に駆《か》けつけると、ルイが泣《な》きながら片手《かたて》で右目《みぎめ》を押《お》さえていました。目《め》のあたりを押《お》さえたルイの指《ゆび》の間《あいだ》から真《ま》っ赤《か》な血《ち》が噴《ふ》き出《で》るように流《なが》れているではないですか。

「大丈夫《だいじょうぶ》か！」

そう言《い》ってシモン＝ルネはルイの手《て》を顔《かお》から離《はな》しました。

ルイは目《め》を閉《と》じていましたが、右目《みぎめ》からは絶《た》え間《ま》なく血《ち》が湧《わ》き出《で》ています。みると、床《ゆか》には血《ち》のついたキリが落《お》ちていました。キリの鋭《するど》い刃先《はさき》がルイの眼球《がんきゅう》を突《つ》き刺《さ》したことは確《たし》かでした。

「ルイ、どうしてキリをさわったんだ！」

と叱《しか》るシモン＝ルネに、

「うー、痛《いた》いよ、パパ。すごく痛《いた》いよ～」

ルイは手足《てあし》をバタバタさせながら泣《な》き叫《さけ》ぶしかありません。

しばらくして、騒《さわ》ぎを聞《き》きつけた母親《ははおや》のモニク、長男《ちょうなん》のルイ＝シモン、長女《ちょうじょ》のカトリーヌ、そして次女《じじょ》のセリーヌも仕事場《しごとば》に駆《か》けつけました。誰《だれ》もが顔《かお》を真《ま》っ赤《か》な血《ち》で染《そ》めたルイを見《み》て、ちょっとしたケガだとは思《おも》わなかったことでしょう。

「あー、なんてことなの！　いったいこの子《こ》に何《なに》が起《お》こったのよ！　ああ、マリア様《さま》！」

とモニクは大声《おおごえ》で泣《な》き叫《さけ》びながら、かわいい末《すえ》っ子《こ》を抱《だ》きかかえました。しかし、泣《な》いて悲《かな》しむばかりではいられません。

「バケツに水《みず》を入《い》れて、持《も》ってくるんだ！　早《はや》く！」

シモン＝ルネが長男《ちょうなん》のルイ＝シモンに命《めい》じました。ルイ＝シモンが水《みず》の入《はい》ったバケツを持《も》ってくると、モニクがきれいな布《ぬの》を水《みず》にひたし、傷口《きずぐち》をゆっくりと洗《あら》い流《なが》しました。もう涙《なみだ》は見《み》せていません。

さらにモニクは薬草《やくそう》をしぼった水《みず》で傷口《きずぐち》を消毒《しょうどく》し、ルイの目《め》に包帯《ほうたい》を巻《ま》きました。いつの間《ま》にかルイから泣《な》き声《ごえ》が消《き》えていました。泣《な》きつかれたのか、気《き》を失《うしな》ったのか、眠《ねむ》ったようにぐったりとしています。

しばらくしてから、村《むら》のお医者《いしゃ》さんも駆《か》けつけました。しかし、アルコールで消毒《しょうどく》する以外《いがい》のことはしなかったのです。

「できることはやりました。数日《すうじつ》は様子《ようす》を見《み》るしかないですな」

お医者《いしゃ》さんにもどう処置《しょち》をすればよいのか、わからなかったのでしょう。当時《とうじ》は細菌《さいきん》の存在《そんざい》も知《し》られていませんでしたし、細菌《さいきん》を殺《ころ》す抗生物質《こうせいぶっしつ》のペニシリンも発見《はっけん》されていませんでした。だから、ルイのケガがお医者《いしゃ》さんから見放《みはな》されたのも仕方《しかた》がないことだったのです。

数日経《すうじつた》っても、ルイの傷《きず》は良《よ》くなりません。回復《かいふく》するどころか、まぶたがふくれ上《あ》がり、ひっきりなしに黄緑色《きみどりいろ》の膿《うみ》がにじみ出《で》てきました。傷口《きずぐち》が化膿《かのう》していたのです。おそらく血《ち》をぬぐった布《ぬの》か包帯《ほうたい》についていた細菌《さいきん》が繁殖《はんしょく》したのでしょう。

こうして、不幸《ふこう》にもルイは右目《みぎめ》を失明《しつめい》してしまいました。

悲劇《ひげき》はまだつづきます。

ルイの不注意《ふちゅうい》で起《お》きた事故《じこ》から二年後《にねんご》、ルイと姉《あね》のカトリーヌが一緒《いっしょ》に家《いえ》の外《そと》を歩《ある》いていたときのことです。

「ねえ、ねえ、家《いえ》の周《まわ》りに煙《けむり》が見《み》えるよ。火事《かじ》じゃないの？」

ルイがカトリーヌに訴《うった》えました。

「煙《けむり》？　そんなの見《み》えないわ」

「うそ、はっきり煙《けむり》が見《み》えるじゃない」

「火事《かじ》だったら煙《けむり》のニオイがするでしょ。何《なに》も臭《にお》わないわ」

「ふーん、じゃあ霧《きり》かな？」

この数日後《すうじつご》、ルイの身《み》に明《あき》らかな異変《いへん》が起《お》きます。

ある晴《は》れた日《ひ》でした。ルイがなかなかベッドから起《お》きてこないので、不思議《ふしぎ》に思《おも》った母《はは》親《おや》のモニクがルイの寝室《しんしつ》に起《お》こしにいきました。

「ルイ、いつまで寝《ね》ているのよ。さあ、起《お》きて！　起《お》きるのよ！」

「どうしたの、母《かあ》さん。まだ夜《よる》だよ」

両目《りょうめ》を手《て》でこすりながら、ルイは不思議《ふしぎ》そうに尋《たず》ねました。

「何《なに》を寝《ね》ぼけているの、まったく」

「だって、まだ夜《よる》だもん」

「え……ルイ、おまえ……」

心配《しんぱい》していたことが現実《げんじつ》になったのをモニクは理解《りかい》しました。当時《とうじ》から、片方《かたほう》の目《め》が傷《きず》つくと、もう一方《いっぽう》の健康《けんこう》な目《め》にも炎症《えんしょう》が起《お》こり、その視力《しりょく》もやがて失《うしな》われてしまうことがわかっていました。ルイの場合《ばあい》も例外《れいがい》ではなく、左目《ひだりめ》の視力《しりょく》も失《うしな》われてしまったのです。

こうしてルイは五歳《ごさい》にして両目《りょうめ》が見《み》えなくなりました。


それから二《に》、三《さん》か月後《げつご》のことです。

(どうしたのかしら……。ルイのかわいい笑顔《えがお》が少《すく》なくなってきた気《き》がするわ)

ルイの様子《ようす》を見《み》ていたモニクは、そう思《おも》いはじめました。

ふつう五《ご》、六歳《ろくさい》までに失明《しつめい》した場合《ばあい》、慣《な》れ親《した》しんだ両親《りょうしん》や兄弟姉妹《きょうだいしまい》の顔《かお》でさえ思《おも》い浮《う》かべることが難《むずか》しくなることがあります。

ルイの場合《ばあい》は、景色《けしき》や家具《かぐ》、道具《どうぐ》などのほか、母親《ははおや》や、父親《ちちおや》、兄《あに》、そして姉《あね》たちの顔《かお》も覚《おぼ》えていたようです。

ところがそれとは逆《ぎゃく》に、ルイから笑《わら》い、怒《いか》り、戸惑《とまど》い、そして子《こ》どもらしい無邪気《むじゃき》さといった表情《ひょうじょう》は徐々《じょじょ》に失《うしな》われていきました。

（あの子《こ》、いったい何《なに》を考《かんが》えているのかしら？）

ルイの顔《かお》から感情《かんじょう》を読《よ》み取《と》れなくなったモニクは、自分《じぶん》の息子《むすこ》が遠《とお》い存在《そんざい》になっていくのを感《かん》じ、ひどく落《お》ちこみました。夫《おっと》のシモン＝ルネも同《おな》じ思《おも》いです。しかし、ルイが人《ひと》一倍利口《いちばいりこう》な子《こ》であることだけは、二人《ふたり》とも信《しん》じて疑《うたが》いませんでした。

こんなことがありました。

この年《とし》、ナポレオンの軍隊《ぐんたい》がロシア軍《ぐん》に敗《やぶ》れ、クーヴレ村《むら》にもロシア兵《へい》がしばらく駐屯《ちゅうとん》していました。そのとき、ルイの耳《みみ》に聞《き》き慣《な》れない言葉《ことば》が入《はい》ってきました。

最初《さいしょ》のうちこそロシア兵《へい》を警戒《けいかい》していたルイでしたが、二週間《にしゅうかん》も経《た》たないうちにロシア兵《へい》と仲良《なかよ》くロシア語《ご》で簡単《かんたん》な会話《かいわ》を交《か》わしているのを、村人《むらびと》たちが目撃《もくげき》しています。

ルイの才能《さいのう》

両目《りょうめ》から光《ひかり》が失《うしな》われてから一年《いちねん》が経《た》ちました。

ルイは六歳《ろくさい》。本来《ほんらい》なら学校《がっこう》に通《かよ》う年《とし》ですが、同《おな》じ年齢《ねんれい》の子《こ》どもたちの多《おお》くは家《いえ》の手伝《てつだ》いをしており、学校《がっこう》に通《かよ》う子《こ》どもは珍《めずら》しかったのです。

朝食《ちょうしょく》が終《お》わった後《あと》、台所《だいどころ》の椅子《いす》にひとりでポツンと座《すわ》るルイを見《み》て、モニクは独《ひと》り言《ごと》のようにつぶやきました。

「あの子《こ》も学校《がっこう》に行《い》けたらいいのにね」

「ああ、そうできればいいな。ルイは賢《かしこ》い子《こ》だから、勉強《べんきょう》したいだろうに……」

シモン＝ルネも妻《つま》と同《おな》じ意見《いけん》です。

ルイの両親《りょうしん》は当時《とうじ》としては珍《めずら》しく、夫婦《ふうふ》とも読《よ》み書《か》きができました。

フランスでは一八八一年《ねん》に初等教育《しょとうきょういく》の授業料《じゅぎょうりょう》が無料《むりょう》となりましたが、それ以前《いぜん》の十歳《じっさい》から十六歳《じゅうろくさい》までの就学率《しゅうがくりつ》、つまり学校《がっこう》に通《かよ》う比率《ひりつ》はごくごくわずかだったのです。当然《とうぜん》、読《よ》み書《か》きのできる成人《せいじん》は少数派《しょうすうは》でした。だからでしょうか、たとえルイの目《め》が見《み》えなくても、学校《がっこう》に通《かよ》わせたいと思《おも》ったのです。

しかし、そう望《のぞ》んでいても、実際《じっさい》はかなりきびしいものがありました。目《め》が見《み》えないということは、教科書《きょうかしょ》を読《よ》むことができないということです。それに授業《じゅぎょう》が終《お》わってから、クラスメイトたちと外《そと》で思《おも》いっきり遊《あそ》ぶこともできません。仲《なか》のいい友《とも》だちをつくることは簡単《かんたん》ではありませんでした。

(目《め》の見《み》えない子《こ》が学校《がっこう》で勉強《べんきょう》するなんて、どだい無理《むり》な話《はなし》なのかも)

そうあきらめかけていたルイの両親《りょうしん》です。

そんなとき、クーヴレ村《むら》の聖《せい》ピエール教会《きょうかい》にジャック・パリュイという名《な》の新《あたら》しい神父《しんぷ》がやってきました。パリュイ神父《しんぷ》が最初《さいしょ》に行《おこな》ったのは、担当《たんとう》する地域《ちいき》の家々《いえいえ》を訪《たず》ね歩《ある》くことでした。村《むら》の人々《ひとびと》がいったいどんな生活《せいかつ》をし、どんな家族構成《かぞくこうせい》なのかを自分《じぶん》の目《め》でしっかりと確《たし》かめたかったのです。

パリュイ神父《しんぷ》がブライユ家《け》を訪《おとず》れたとき、庭先《にわさき》にルイが立《た》っていました。目《め》の前《まえ》にいる少年《しょうねん》の目《め》が見《み》えないことを、神父《しんぷ》はひとめでわかったようです。

「お父《とう》さんはいらっしゃるかな？」

「はい、父《ちち》は仕事場《しごとば》にいます、神父《しんぷ》さん」

ルイが答《こた》えました。

「キ、キミ、どうして私《わたし》が神父《しんぷ》だとわかったんだい？」

パリュイ神父《しんぷ》は驚《おどろ》きのあまり、うろたえました。

「だって、神父《しんぷ》さんのニオイがしたからです。新《あたら》しい神父《しんぷ》さんがこの村《むら》に来《こ》られたことは両親《りょうしん》から聞《き》いていましたから」

ルイは目《め》が見《み》えなくても、ニオイや物音《ものおと》でそれがなんであるのか、あるいは誰《だれ》の物《もの》であるのかをすぐに理解《りかい》することができたのです。もちろん、話《はな》し声《ごえ》で相手《あいて》が誰《だれ》であるのかもわかりました。パリュイ神父《しんぷ》がルイに驚《おどろ》かされ、興味《きょうみ》を抱《いだ》いたのも不思議《ふしぎ》ではありません。

それから何週間《なんしゅうかん》もしないうちに、パリュイ神父《しんぷ》はルイと親《した》しくなりました。もちろん、親《した》しくなっただけではなく、ルイにいろいろなことを教《おし》えはじめたのです。パリュイ神父《しんぷ》が思《おも》っていたとおり、ルイは驚《おどろ》くほど覚《おぼ》えが早《はや》く、聖書《せいしょ》の一節《いっせつ》もすぐに暗記《あんき》しました。

パリュイ神父《しんぷ》による一対一《いったいいち》の「個人授業《こじんじゅぎょう》」は、主《おも》に教会《きょうかい》の庭《にわ》や神父《しんぷ》の自宅《じたく》で行《おこな》われました。天気《てんき》のいい日《ひ》だと、村《むら》を囲《かこ》む野山《のやま》に出《で》かけることもよくありました。

「わーい、楽《たの》しいな。僕《ぼく》、ピクニックが大好《だいす》きなんだ」

大喜《おおよろこ》びのルイです。パリュイ神父《しんぷ》は野山《のやま》では必《かなら》ずルイに草花《くさばな》や果実《かじつ》を手《て》に取《と》らせ、ニオイをかがせました。

「ルイ、これは何《なに》かな？」

「ケシの花《はな》」

「じゃあ、これは？」

「リラの花《はな》」

「次《つぎ》は果物《くだもの》だ。これはなんだい？」

「ブルーベリー」

草花《くさばな》や果実《かじつ》の手《て》ざわりやニオイから、その名《な》を当《あ》てさせたのです。ルイの記憶力《きおくりょく》は抜群《ばつぐん》でした。このようにして、ルイは自分《じぶん》の周囲《しゅうい》にある動植物《どうしょくぶつ》の名《な》を覚《おぼ》えていったのです。

もちろん、ルイが覚《おぼ》えていったのは、動植物《どうしょくぶつ》だけではありません。さまざまな道具《どうぐ》や機《き》械《かい》、そして家具《かぐ》なども、さわって覚《おぼ》えました。こうしてルイは実際《じっさい》に見《み》ることがなくても、手《て》でさわることで形《かたち》を知《し》り、どんな働《はたら》きをするのかを知《し》ることができたのです。

最初《さいしょ》のうちはルイに「信仰心《しんこうしん》のあついキリスト教徒《きょうと》になってもらいたい」とだけ思《おも》っていたパリュイ神父《しんぷ》でした。しかし、ルイと毎日《まいにち》のように接《せっ》しているうちに徐々《じょじょ》にその考《かんが》えが変《か》わっていきます。

（この子《こ》はなんて賢《かしこ》いのだ。目《め》が見《み》えたら、きっと偉《えら》い政治家《せいじか》や将軍《しょうぐん》にでもなっていたにちがいない。でも、残念《ざんねん》なことに、ルイは目《め》が見《み》えない。それでも、この子《こ》が大《おお》きくなれば、クーヴレ村《むら》の子《こ》どもたちに何《なに》か教《おし》えたりして、村《むら》に少《すこ》しは貢献《こうけん》するだろう）

その後《ご》のルイ少年《しょうねん》がクーヴレ村《むら》に貢献《こうけん》するどころか、世界《せかい》の歴史《れきし》に名《な》を残《のこ》すことになるとは、さすがのパリュイ神父《しんぷ》もこのときは想像《そうぞう》しなかったことでしょう。

ルイの両親《りょうしん》とも親密《しんみつ》な関係《かんけい》を築《きず》いていたパリュイ神父《しんぷ》はある日《ひ》、シモン＝ルネにこう切《き》り出《だ》します。

「どうしてルイを学校《がっこう》に行《い》かせないのですか」

「神父《しんぷ》さん、あの子《こ》は目《め》が見《み》えないから、学校《がっこう》に行《い》っても何《なに》もできないでしょう」

シモン＝ルネは伏《ふ》し目《め》がちに答《こた》えました。

「そんなことはないと思《おも》いますよ」

パリュイ神父《しんぷ》はやさしい笑《え》みを浮《う》かべて断言《だんげん》しました。

「ルイは利口《りこう》だから、きっと授業《じゅぎょう》についていけるでしょう。それどころか、他《ほか》の生徒《せいと》よりもいい成績《せいせき》を残《のこ》しますよ」

それからのパリュイ神父《しんぷ》の行動《こうどう》は素早《すばや》いものでした。さっそく村《むら》の学校《がっこう》に出向《でむ》き、アントワーヌ・ベシュレ校長《こうちょう》と面談《めんだん》したのです。このベシュレ校長《こうちょう》もパリュイ神父《しんぷ》と同《おな》じころに村《むら》にやってきていました。そして年《とし》が若《わか》かったこともあって、すぐに神父《しんぷ》と打《う》ちとけました。

「いいですよ。神父《しんぷ》さんの推薦《すいせん》する子《こ》どもなら、きっと優秀《ゆうしゅう》でしょう」

こうして目《め》の見《み》えないルイは、目《め》の見《み》える子《こ》どもたちと一緒《いっしょ》に村《むら》の公立学校《こうりつがっこう》で学《まな》ぶことになったのです。

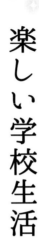

楽《たの》しい学校生活《がっこうせいかつ》

ルイが生《う》まれ育《そだ》った時代《じだい》の障害者《しょうがいしゃ》は、社会《しゃかい》から閉《と》ざされていました。ほとんどの視覚障害者《しかくしょうがいしゃ》は貧《まず》しい生活《せいかつ》を送《おく》っていました。それでも、働《はたら》かなくては満足《まんぞく》に食事《しょくじ》もできません。ルイが暮《く》らしていたような村《むら》では、果物《くだもの》の摘《つ》み取《と》りを手伝《てつだ》ったりしていました。歩《ある》き方《かた》がぎこちないことから、好奇《こうき》の目《め》で見《み》られることが多《おお》かったので、本人《ほんにん》もあまり外出《がいしゅつ》したがりません。そして、家族《かぞく》も障害者《しょうがいしゃ》が身内《みうち》にいることを恥《は》ずかしく思《おも》っていました。

そんな時代《じだい》だったので、目《め》の不自由《ふじゆう》な子《こ》どもが一般《いっぱん》の公立学校《こうりつがっこう》に通《かよ》うことは、よほどのことがないかぎり、ありえなかったのです。とくにルイのように全盲《ぜんもう》の子《こ》どもが、目《め》の見《み》える子《こ》どもたちと机《つくえ》を並《なら》べることは、ほぼ不可能《ふかのう》でした。

だから、村《むら》の公立学校《こうりつがっこう》に入学《にゅうがく》したルイは、例外中《れいがいちゅう》の例外《れいがい》だったのです。もちろん、学校《がっこう》で目《め》が見《み》えない児童《じどう》はルイ一人《ひとり》だけでした。息子《むすこ》を学校《がっこう》に通《かよ》わせた両親《りょうしん》も、よほど覚悟《かくご》したにちがいありません。

パリュイ神父《しんぷ》の働《はたら》きかけ、そしてその願《ねが》いを聞《き》き入《い》れたベシュレ校長《こうちょう》も、当時《とうじ》としてはかなり「進《すす》んだ人《ひと》」でした。ルイにとって、この二人《ふたり》との出会《であ》いは、まさに天《てん》からの恵《めぐ》みといえます。

ルイは家《いえ》から学校《がっこう》まで歩《ある》いて通《かよ》いました。今《いま》のように、目《め》の見《み》えない人《ひと》でも歩《ある》けるような環境《かんきょう》が整《ととの》っていませんし、盲導犬《もうどうけん》もいない時代《じだい》です。しかも、自宅《じたく》から学校《がっこう》へは急《きゅう》な坂《さか》道《みち》があったので、目《め》の見《み》えないルイひとりでは少《すこ》し心配《しんぱい》でした。そこで、近所《きんじょ》の子《こ》どもがルイにつきそってくれていました。

学校《がっこう》に着《つ》いて教室《きょうしつ》に入《はい》ると、ルイは必《かなら》ず一番前《いちばんまえ》の席《せき》に座《すわ》りました。先生《せんせい》が黒板《こくばん》に書《か》いた文字《もじ》も教科書《きょうかしょ》もルイにはまったく読《よ》めません。すべて耳《みみ》から吸収《きゅうしゅう》するしかないので、先生《せんせい》の話《はなし》がよく聞《き》こえる一番前《いちばんまえ》の席《せき》に座《すわ》り、一言《ひとこと》も聞《き》き漏《も》らすまいと一生懸命耳《いっしょうけんめいみみ》を傾《かたむ》けました。

初《はじ》めての学校《がっこう》だったので、どの授業《じゅぎょう》もルイにはとても新鮮《しんせん》でした。先生《せんせい》の話《はなし》を誰《だれ》よりも熱心《ねっしん》に聞《き》き、誰《だれ》よりもしっかりと頭《あたま》に叩《たた》き込《こ》んでいました。ですから、先生《せんせい》から質問《しつもん》されても、ルイはすべて答《こた》えることができたのです。とくにルイが興味《きょうみ》を持《も》ったのが「歴史《れきし》」と「地理《ちり》」の授業《じゅぎょう》です。

教室《きょうしつ》、いや学校《がっこう》で一番《いちばん》の物知《ものし》りは、ルイでした。これには、ベシュレ校長《こうちょう》も驚《おどろ》くしかありませんでした。学校《がっこう》の授業《じゅぎょう》を終《お》えて家《いえ》に帰《かえ》っても、歴史上《れきしじょう》のいろいろな人物《じんぶつ》がルイの脳裏《のうり》に浮《う》かんできます。

（ナポレオンとローマ法王《ほうおう》は、どちらが偉《えら》いのかな？）

フランス以外《いがい》の国々《くにぐに》の話《はなし》もルイの想像力《そうぞうりょく》を大《おお》いに刺激《しげき》したようです。

（中国人《ちゅうごくじん》は何《なに》を食《た》べて、どんな家《いえ》に住《す》んでいるの？）

（アジアの人《ひと》って、フランス語《ご》がわかるの？）

そんな楽《たの》しい疑問《ぎもん》が、次《つぎ》から次《つぎ》へと浮《う》かんできました。当然《とうぜん》、もっと勉強《べんきょう》したいというルイの学習意欲《がくしゅういよく》は日《ひ》に日《ひ》にふくらんでいきます。

しかし、ルイにとっての問題《もんだい》は、本《ほん》が読《よ》めないということでした。いくら学習意欲《がくしゅういよく》があっても、「好《す》きなときに好《す》きな本《ほん》が読《よ》めない」ということほどつらいことはありません。

村《むら》の学校《がっこう》に通《かよ》いはじめて半年《はんとし》もしないうちに、ルイの心《こころ》の中《なか》に不満《ふまん》がつのっていきます。

ルイの不満《ふまん》

そんな息子《むすこ》の不満《ふまん》を父親《ちちおや》のシモン＝ルネは薄々《うすうす》感《かん》じていました。

ある日《ひ》、授業《じゅぎょう》が終《お》わって、いつものように仕事場《しごとば》にやってきたルイに、シモン＝ルネが尋《たず》ねました。

「最近《さいきん》、学校《がっこう》のほうはどうだ？　みんなと楽《たの》しくやっているかい？」

「うん、楽《たの》しいよ。でも……」

「でも、何《なん》だい？」

ルイは少《すこ》しばかり考《かんが》えて、こう答《こた》えました。

「父《とう》さん、ほんとのことを言《い》うと、僕《ぼく》、授業《じゅぎょう》がつまらなくて仕方《しかた》がないんだ」

「つまらない？　また、どうして？」

「地理《ちり》でも歴史《れきし》でも、学校《がっこう》の先生《せんせい》に教《おし》えてもらったことは、僕《ぼく》、なんでもすぐに覚《おぼ》えるでしょ。それに一度《いちど》覚《おぼ》えたら、絶対《ぜったい》に忘《わす》れないしね」

「そうだな、さすが父《とう》さんの子《こ》どもだ」

「算数《さんすう》も、みんなよりも僕《ぼく》のほうが早《はや》く計算《けいさん》できるしね。みんなは紙《かみ》に書《か》いてから計算《けいさん》するけど、僕《ぼく》は頭《あたま》の中《なか》ですぐに答《こた》えが出《で》てしまう」

「おまえは父《とう》さんに似《に》て天才《てんさい》だからな」

シモン＝ルネは微笑《ほほえ》み、ルイの頭《あたま》をなでます。しかし、ルイは笑《わら》いもせずに話《はなし》をつづけます。

「だから、他《ほか》のみんなと一緒《いっしょ》に勉強《べんきょう》していても、時間《じかん》が余《あま》っちゃうんだ。何《なに》か時間《じかん》がもったいないような気《き》がして……」

「まあ、そのうち慣《な》れるさ」

「……父《とう》さん、こんなの慣《な》れないよ。僕《ぼく》、もう学校《がっこう》に行《い》きたくない！」

ルイはいつになく真剣《しんけん》な様子《ようす》で父親《ちちおや》に訴《うった》えました。

「何《なに》を言《い》うんだ、ルイ！」

「だって、父《とう》さん。みんなが読《よ》み書《か》きを教《おそ》わっているとき、僕《ぼく》は何《なに》をすればいいの？　ただ座《すわ》ってボーっとしているだけ。こんなの、僕《ぼく》には耐《た》えられない。もういやなんだ！」

ルイはもう涙声《なみだごえ》です。

「ルイ……」

シモン＝ルネは息子《むすこ》を抱《だ》き寄《よ》せるしかありません。そのとき、彼《かれ》に一《ひと》つのアイデアが浮《う》かびます。

シモン＝ルネは作業場《さぎょうば》にあった二十《にじっ》センチ四方《しほう》ほどの木《き》の板《いた》を見《み》つけ、作業机《さぎょうづくえ》に置《お》きました。次《つぎ》に釘《くぎ》を持《も》ち、板《いた》の片隅《かたすみ》からハンマーでトントントンと打《う》ちはじめたのです。次《つぎ》から次《つぎ》へと、驚《おどろ》くほどの速《はや》さでした。そして一分《いっぷん》も経《た》たないうちに、アルファベットの一文《ひと》字《じ》が完成《かんせい》しました。

「いいか、ルイ。さわってごらん」

シモン＝ルネはルイの手《て》を取《と》って、やさしく板《いた》に押《お》しつけました。するとルイの手《て》にある形《かたち》が伝《つた》わってきました。

「これがアルファベットのA《ア》だ」

声《こえ》に力《ちから》を込《こ》める父親《ちちおや》に、ルイの声《こえ》も弾《はず》みます。

「これがA《ア》なの！　父《とう》さん、僕《ぼく》、文字《もじ》の形《かたち》がわかるよ」

そう、父親《ちちおや》は釘《くぎ》でアルファベットを打《う》つことを思《おも》いついたのです。

「次《つぎ》はB《べ》を打《う》つよ」

シモン＝ルネはA《ア》の隣《となり》にB《べ》をトントントンと打《う》ちはじめました。

「へー、これがB《べ》なの。父《とう》さん、もっと打《う》ってよ」

いつの間《ま》にかルイに笑顔《えがお》が戻《もど》っていました。

「よし、次《つぎ》はC《セ》だ！」

シモン＝ルネも満面《まんめん》の笑《え》みを浮《う》かべ、ハンマーで釘《くぎ》を打《う》ちつづけました。こうしてルイはアルファベットの形《かたち》をすべてイメージすることができたのです。それも数時間《すうじかん》のうちに……。

父親《ちちおや》が考案《こうあん》した釘《くぎ》の文字板《もじばん》のおかげで、ルイは文字《もじ》をしっかりと覚《おぼ》えました。しかも、自分《じぶん》で何《なん》とか文字《もじ》を書《か》くこともできるようになりました。ただ、目《め》が見《み》えないので、ルイはせっかく自分《じぶん》で書《か》いた文字《もじ》を読《よ》むことだけはできません。悲《かな》しいことですが、それがルイの限界《げんかい》でした。

(僕《ぼく》には自分《じぶん》で書《か》いた文字《もじ》すら読《よ》むことができない。神様《かみさま》、僕《ぼく》はこれからずっと友達《ともだち》からもらった手紙《てがみ》も、いろんな世界《せかい》のことを教《おし》えてくれる本《ほん》も読《よ》むことができないのですか?)

そんなルイに追《お》い打《う》ちをかけるようなことが起《お》こります。

ある出会《であ》い

入学《にゅうがく》して二年目《にねんめ》のことでした。

ルイの通《かよ》う公立学校《こうりつがっこう》が「相互教授《そうごきょうじゅ》」という新《あたら》しい教育《きょういく》システムを採用《さいよう》するよう村《むら》から命《めい》

令《れい》されたのです。

いったいどんな教育《きょういく》システムだったのでしょうか。

年長《ねんちょう》の優秀《ゆうしゅう》な生徒《せいと》が教師《きょうし》の「助手役《じょしゅやく》」をつとめ、年少《ねんしょう》の生徒《せいと》を教《おし》えるのです。イギリスから伝《つた》わったシステムで、教員不足《きょういんぶそく》の解消《かいしょう》になると期待《きたい》されていました。しかし、これでは先生《せんせい》が責任《せきにん》をもって生徒《せいと》を教《おし》えられません。

それに、この教育《きょういく》システムには、もう一《ひと》つの問題《もんだい》がありました。

夏《なつ》になると、村《むら》のほとんどの子《こ》どもが自宅《じたく》の畑《はたけ》で収穫《しゅうかく》を手伝《てつだ》うことになっていました。数《すう》か月《げつ》の間《あいだ》、学校《がっこう》に来《こ》られないのです。ということは、生徒数《せいとすう》が激減《げきげん》する夏《なつ》には生徒《せいと》がお互《たが》いを教《おし》え合《あ》うことができなくなるのです。教育《きょういく》のレベルが低下《ていか》するのは目《め》に見《み》えていましたので、ベシュレ校長《こうちょう》も新《しん》システムの採用《さいよう》には大反対《だいはんたい》でした。しかし、村長《そんちょう》から、

「いやなら、キミに校長《こうちょう》を辞《や》めてもらうしかない」

と脅《おど》され、しぶしぶ引《ひ》き下《さ》がるしかなかったのです。

ベシュレ校長《こうちょう》と同《おな》じく、パリュイ神父《しんぷ》も新《あたら》しい教育《きょういく》システムには反対《はんたい》の立場《たちば》でした。

「生徒同士《せいとどうし》が教《おし》え合《あ》う」のは、キリスト教《きょう》の教《おし》えにも合《あ》わないと考《かんが》えていたからです。

（読《よ》んだり書《か》いたりできないルイには一番合《いちばんあ》わないシステムだ。ルイをこの学校《がっこう》に残《のこ》したら、ダメになってしまう。こうなったら、他《ほか》の学校《がっこう》に転校《てんこう》させるしかない）

そう考《かんが》えたパリュイ神父《しんぷ》の耳《みみ》に興味深《きょうみぶか》い情報《じょうほう》が入《はい》りました。パリに全寮制《ぜんりょうせい》の盲学校《もうがっこう》があるというのです。しかも、嬉《うれ》しいことに、その盲学校《もうがっこう》では生徒《せいと》たちが独《ひと》り立《だ》ちするための職業訓練《しょくぎょうくんれん》も行《おこな》っているというではないですか。

ただ、誰《だれ》もが入学《にゅうがく》できるというわけではありません。フランスの各地方《かくちほう》から一人《ひとり》ずつしか生徒《せいと》を募集《ぼしゅう》していないので、有力者《ゆうりょくしゃ》の特別《とくべつ》なコネが絶対《ぜったい》に必要《ひつよう》でした。

（さて、どうしたものか）

思《おも》い悩《なや》んだパリュイ神父《しんぷ》に一人《ひとり》の人物《じんぶつ》が思《おも》い浮《う》かびました。クーヴレ村《むら》で広大《こうだい》な荘園《しょうえん》を持《も》つドルヴィリエ侯爵《こうしゃく》です。村一番《むらいちばん》のお金持《かねも》ちでもある侯爵《こうしゃく》は、慈善運動家《じぜんうんどうか》としても知《し》られていました。さっそく神父《しんぷ》はルイと父親《ちちおや》のシモン＝ルネを連《つ》れて、ドルヴィリエ侯爵《こうしゃく》のお屋敷《やしき》に出向《でむ》きました。

パリュイ神父《しんぷ》から説明《せつめい》を受《う》けたドルヴィリエ侯爵《こうしゃく》の顔《かお》に、なぜか驚《おどろ》きの表情《ひょうじょう》が浮《う》かびます。

「こりゃ偶然《ぐうぜん》ですな、神父《しんぷ》」

ドルヴィリエ侯爵《こうしゃく》がパリュイ神父《しんぷ》を見《み》つめました。

「と、言《い》いますと？」

「その盲学校《もうがっこう》の創設者《そうせつしゃ》には二十年以上前《にじゅうねんいじょうまえ》に私《わたし》も会《あ》ったことがある。それもヴェルサイユ宮殿《きゅうでん》で。その人物《じんぶつ》は確《たし》かアユイ、そうだヴァランタン・アユイという名前《なまえ》だった」

「えっ、侯爵《こうしゃく》もご存《ぞん》じだったのですか？」

ドルヴィリエ侯爵《こうしゃく》は、そのときの出来事《できごと》を覚《おぼ》えていました。

一七八六年十二月《ねんじゅうにがつ》、盲人教育《もうじんきょういく》の第一人者《だいいちにんしゃ》であるヴァランタン・アユイが盲学校《もうがっこう》の生徒《せいと》たちを引《ひ》き連《つ》れ、ヴェルサイユ宮殿《きゅうでん》を訪《おとず》れています。その目的《もくてき》は、盲人教育《もうじんきょういく》の成果《せいか》をときのフランス国王《こくおう》ルイ十六世《じゅうろくせい》に知《し》ってもらうためでした。アユイは生徒《せいと》たちに文字《もじ》をさわって読《よ》む方法《ほうほう》を国王《こくおう》らの目《め》の前《まえ》で実演《じつえん》させました。なんとドルヴィリエ侯爵《こうしゃく》もその場《ば》に居合《いあ》わせていたのです。

このデモンストレーションを見《み》たルイ十六世《じゅうろくせい》は感激《かんげき》しました。さっそく国王《こくおう》は盲学校《もうがっこう》に補助金《ほじょきん》を与《あた》えるなど、アユイの盲人教育事業《もうじんきょういくじぎょう》に多額《たがく》の寄付《きふ》をしたのです。

「神父《しんぷ》、これも何《なに》かの縁《えん》というものですな。世《よ》の中《なか》は不思議《ふしぎ》なものだ。これだから人生《じんせい》は面白《おもしろ》い。そうは思《おも》いませんか？」

「なんとか侯爵《こうしゃく》のお力添《ちからぞ》えを願《ねが》いたいものです」

とパリュイ神父《しんぷ》が軽《かる》く頭《あたま》を下《さ》げました。

「ま、私《わたし》の推薦《すいせん》があれば大丈夫《だいじょうぶ》でしょう」

ドルヴィリエ侯爵《こうしゃく》は自信《じしん》たっぷりにパリュイ神父《しんぷ》に約束《やくそく》しました。

「ありがとうございます」

シモン＝ルネが深々《ふかぶか》と頭《あたま》を下《さ》げました。しかし、どこか浮《う》かない表情《ひょうじょう》です。

「ブライユさん、何《なに》か気《き》にかかることでも？」

ドルヴィリエ侯爵《こうしゃく》が遠慮《えんりょ》なく尋《たず》ねました。

「いえ、そのう……」

口《くち》ごもるシモン＝ルネです。

「ああ、学費《がくひ》のことが心配《しんぱい》なのですな。大丈夫《だいじょうぶ》ですぞ。ご子息《しそく》には政府《せいふ》から奨学金《しょうがくきん》が出《で》るはずだ。だから、お金《かね》のことは心配無用《しんぱいむよう》です」

しばらくして、ドルヴィリエ侯爵《こうしゃく》が本当《ほんとう》の実力者《じつりょくしゃ》であることがわかりました。なんとルイの盲学校《もうがっこう》への入学《にゅうがく》が決《き》まったのです。そして、奨学金《しょうがくきん》が出《で》ることも。

いざ、入学《にゅうがく》

その日《ひ》の早朝《そうちょう》、ルイは父親《ちちおや》と一緒《いっしょ》に駅馬車《えきばしゃ》に乗《の》りこみました。生《う》まれて初《はじ》めてパリに向《む》かうことになったのです。一八一九年《ねん》二月《がつ》十五日《にち》、ルイが十歳《じっさい》になったばかりのことでした。

四時間《よじかん》ほど揺《ゆ》られて、二人《ふたり》を乗《の》せた馬車《ばしゃ》がパリの町《まち》はずれに着《つ》きました。

「着《つ》いたよ、お客《きゃく》さん」

馬車《ばしゃ》の御者《ぎょしゃ》、つまり運転手《うんてんしゅ》がシモン＝ルネに伝《つた》えました。

「父《とう》さん、着《つ》いたの？」

ルイが明《あか》るい声《こえ》を出《だ》します。

「あ……ああ」

シモン＝ルネはとまどったような声《こえ》で答《こた》えるしかありません。それも無理《むり》はないでしょう。ここからはルイの着替《きが》えや日常《にちじょう》の生活必需品《せいかつひつじゅひん》などを詰《つ》めた重《おも》いバッグをかついで盲学《もうがっ》校《こう》まで歩《ある》いていくしかなかったからです。

二人《ふたり》は学生街《がくせいがい》のカルチェ・ラタンを目指《めざ》して歩《ある》きはじめました。盲学校《もうがっこう》があるのは、その近《ちか》くのサン・ヴィクトール通《どお》り六十八番地《ろくじゅうはちばんち》です。そして、ようやく目的地《もくてきち》にたどり着《つ》きました。

（なんという建物《たてもの》だ。これが本当《ほんとう》に盲学校《もうがっこう》なのか。あんまりきれいじゃないな……）

シモン＝ルネが想像《そうぞう》していたのは、威風堂々《いふうどうどう》とした立派《りっぱ》な校舎《こうしゃ》でした。しかし、目《め》の前《まえ》にあるのは、まるで廃墟《はいきょ》のような古《ふる》びた建物《たてもの》です。ジメジメした空気《くうき》がそこら中《じゅう》に漂《ただよ》っていました。

当時《とうじ》は盲学校《もうがっこう》として使《つか》われていましたが、ここはもともと神学校《しんがっこう》でした。二百年《にひゃくねん》ほど前《まえ》にサン・ヴィクトール門《もん》があったところに建《た》てられ、フランス革命中《かくめいちゅう》には牢獄《ろうごく》として使《つか》われたこともあります。

盲学校《もうがっこう》の周《まわ》りの建物《たてもの》も似《に》たようなものだったので、どことなく暗《くら》い感《かん》じがする一角《いっかく》です。素朴《そぼく》で自然豊《しぜんゆた》かなクーヴレ村《むら》とは、あまりにも対照的《たいしょうてき》でした。

想像《そうぞう》とはかけ離《はな》れていた現実《げんじつ》に、シモン＝ルネは、言葉《ことば》を失《うしな》うほど落《お》ち込《こ》みました。黙《だま》り込《こ》む父親《ちちおや》に、ルイもおかしな空気《くうき》を感《かん》じ取《と》ったようです。

「父《とう》さん、どうしたの？」

「いや、なんでもないよ」

気《き》を取《と》り直《なお》したシモン＝ルネが玄関《げんかん》の重《おも》そうな扉《とびら》をノックしました。

「ようこそ、ブライユさん。お待《ま》ちしていましたよ」

二人《ふたり》を出迎《でむか》えたのは、校長《こうちょう》のセバスティアン・ギリエ博士《はかせ》でした。三十八歳《さんじゅうはっさい》で、元軍医《もとぐんい》です。

「息子《むすこ》のルイです」

シモン＝ルネが自己紹介《じこしょうかい》を終《お》えてからルイを紹介《しょうかい》すると、ギリエ校長《こうちょう》はルイをまるで値《ね》踏《ぶ》みするかのようにじろじろと見《み》ました。

「ルイ君《くん》か。うん、なかなか利口《りこう》そうな顔《かお》をしているね」

「ありがとうございます」

しきりに恐縮《きょうしゅく》するシモン＝ルネにギリエ校長《こうちょう》は向《む》き直《なお》りました。

「ブライユさん、どうか安心《あんしん》してください。ルイ君《くん》は幸運《こううん》ですよ。ここは最高《さいこう》の設備《せつび》と優《ゆう》秀《しゅう》な教師《きょうし》を誇《ほこ》る世界一《せかいいち》の盲学校《もうがっこう》ですから、息子《むすこ》さんはいろいろなことを学《まな》ぶでしょう」

ギリエ校長《こうちょう》から「安心《あんしん》してください」と言《い》われたものの、シモン＝ルネは心配《しんぱい》でなりません。職人特有《しょくにんとくゆう》のクセなのでしょうか、シモン＝ルネは校舎《こうしゃ》の内部《ないぶ》を素早《すばや》く、そしてくま

なく観察《かんさつ》しました。するとすぐにらせん状《じょう》の狭《せま》い階段《かいだん》が二《ふた》つもあることに気《き》づきました。

この不自然《ふしぜん》な構造《こうぞう》を見《み》て不思議《ふしぎ》そうな表情《ひょうじょう》を浮《う》かべるシモン＝ルネに気《き》づいたギリエ校《こう》長《ちょう》は、

「ああ、階段《かいだん》ですか。男子用《だんしよう》と女子用《じょしよう》に分《わ》けられているのですよ。手紙《てがみ》でもお知《し》らせしたように、現在《げんざい》は男子六十人《だんしろくじゅうにん》、女子三十人《じょしさんじゅうにん》の合計九十人《ごうけいきゅうじゅうにん》の生徒《せいと》が在籍《ざいせき》しています」

と説明《せつめい》しました。さらに校長《こうちょう》が話《はなし》をつづけます。

「一日《いちにち》のうち自由時間《じゆうじかん》は九時間《くじかん》です。あとの十五時間《じゅうごじかん》ですが、普通《ふつう》の授業《じゅぎょう》だけではありません。盲学校《もうがっこう》では生徒全員《せいとぜんいん》に一般教養《いっぱんきょうよう》として音楽《おんがく》にも親《した》しんでもらっています。ピアノ、オルガン、バイオリン、チェロ、クラリネット、フルートなどの楽器《がっき》を演奏《えんそう》しているんですよ。それに一番大事《いちばんだいじ》なことですが、子《こ》どもたちの将来《しょうらい》のために、カゴやスリッパなどを製作《せいさく》する手作業《てさぎょう》の時間《じかん》もあります。ルイ君《くん》は本当《ほんとう》に幸運《こううん》ですよ。ここは世界一《せかいいち》の盲学校《もうがっこう》ですから」

そんな校長《こうちょう》の説明《せつめい》を聞《き》きながら、シモン＝ルネは校舎全体《こうしゃぜんたい》が湿《しめ》っぽいことに気《き》づきました。それだけではありません。校内《こうない》の空気《くうき》も汚《よご》れているようで、普通《ふつう》に息《いき》をするだけでも、得体《えたい》のしれない病気《びょうき》に感染《かんせん》しそうなほどです。

校舎《こうしゃ》は敷地《しきち》が二四〇〇平方《へいほう》メートルほどで、建坪《たてつぼ》七七六平方《へいほう》メートルの五階建《ごかいだ》ての建物《たてもの》でした。薄暗《うすぐら》く、不潔《ふけつ》なだけでなく、それぞれの教室《きょうしつ》や作業場《さぎょうば》も廊下《ろうか》を薄《うす》い板《いた》で仕切《しき》っただけの粗末《そまつ》なつくりでした。愛《あい》する息子《むすこ》がこんなひどい環境《かんきょう》で生活《せいかつ》するのかと思《おも》うと、シモン＝ルネは気《き》が気《き》でなりません。村《むら》に帰《かえ》る時間《じかん》になると、ルイをギュッと抱《だ》きしめました。

「ルイ、父《とう》さんは村《むら》に戻《もど》る。夏休《なつやす》みには必《かなら》ず帰《かえ》ってきなさい」

「わかったよ、父《とう》さん。僕《ぼく》なら大丈夫《だいじょうぶ》。みんなと仲良《なかよ》くやっていけるから。読《よ》み書《か》きもすぐに覚《おぼ》えるからね」

そう強《つよ》がっていても、ルイが家族《かぞく》と離《はな》れて暮《く》らすのは、生《う》まれて初《はじ》めてのことです。父《ちち》親《おや》が盲学校《もうがっこう》の外《そと》に出《で》たとき、

(僕《ぼく》は一人《ひとり》になってしまったんだ)

急《きゅう》にさみしさがこみ上《あ》げ、心細《こころぼそ》さがじんわりと押《お》し寄《よ》せてきました。

しかし、ルイには感傷《かんしょう》にふける暇《ひま》はありません。ギリエ校長《こうちょう》はさっそく、授業中《じゅぎょうちゅう》の教室《きょうしつ》にルイを連《つ》れていきました。

初《はじ》めての孤独《こどく》、初《はじ》めての友《とも》だち

教室《きょうしつ》では副校長《ふくこうちょう》のピエール＝アルマン・デュフォーが「地理《ちり》」を教《おし》えていました。

盲学校《もうがっこう》で生徒《せいと》たちを教《おし》えている正教師《せいきょうし》は、このデュフォー副校長《ふくこうちょう》、ギリエ校長《こうちょう》、そして音楽《おんがく》を担当《たんとう》している女性教師《じょせいきょうし》のゼリー・カルデヤックのたった三人《さんにん》です。デュフォー副校《ふくこう》長《ちょう》はルイたちの姿《すがた》を見《み》て、授業《じゅぎょう》を中断《ちゅうだん》しました。

「キミはここに座《すわ》りなさい」

ギリエ校長《こうちょう》はルイを空《あ》いている席《せき》に案内《あんない》します。

「デュフォー先生《せんせい》、あとは頼《たの》みますよ」

ギリエ校長《こうちょう》が教室《きょうしつ》から出《で》ると、授業《じゅぎょう》が再開《さいかい》されました。

地理《ちり》の授業《じゅぎょう》では、フランス国内《こくない》を流《なが》れる主《おも》な川《かわ》について教《おし》えていたようです。途中《とちゅう》からでしたが、ルイの頭《あたま》の中《なか》にはセーヌ川《がわ》やローヌ川《がわ》などの情報《じょうほう》が面白《おもしろ》いようにたたき込《こ》まれていきました。

ところで、目《め》の見《み》えない子《こ》どもたちを教《おし》えるには、ギリエ校長《こうちょう》ら三人《さんにん》の正教師《せいきょうし》だけでは対応《たいおう》できません。そこで「復習教師《ふくしゅうきょうし》」という制度《せいど》が設《もう》けられました。正規《せいき》の教師《きょうし》が生徒《せいと》に教《おし》えたことを、くり返《かえ》し生徒《せいと》に聞《き》かせて教《おし》える役《やく》です。この復習教師《ふくしゅうきょうし》には優秀《ゆうしゅう》な生徒《せいと》が選《えら》ばれていました。教師《きょうし》の「助手《じょしゅ》」か「見習《みなら》い」と思《おも》ってください。もちろん、彼《かれ》らも目《め》が見《み》えません。

ルイが最初《さいしょ》に受《う》けた地理《ちり》の授業《じゅぎょう》は、あっという間《ま》に終《お》わりました。デュフォー先生《せんせい》がルイを他《ほか》の生徒《せいと》たちに紹介《しょうかい》しましたが、全員《ぜんいん》の名前《なまえ》を覚《おぼ》えるのは、いくら記憶力《きおくりょく》がいいルイでも大変《たいへん》です。

「不安《ふあん》かい？　でも、大丈夫《だいじょうぶ》。そのうち全員《ぜんいん》の名前《なまえ》を覚《おぼ》えるさ」

デュフォー先生《せんせい》がルイの肩《かた》に手《て》をやります。紹介《しょうかい》が終《お》わると、みんなはドタドタとけたたましい音《おと》を立《た》てて、どこかに立《た》ち去《さ》りました。ルイは一人《ひとり》取《と》り残《のこ》されたようで、言《い》いようのない孤独感《こどくかん》を味《あじ》わいました。

「デュフォー先生《せんせい》、あとは私《わたし》がこの子《こ》に説明《せつめい》します」

中年《ちゅうねん》の太《ふと》った女性《じょせい》が、いつの間《ま》にかデュフォー先生《せんせい》の隣《となり》に立《た》っていました。寄宿舎《きしゅくしゃ》を取《と》り仕切《しき》る寮母《りょうぼ》さん（寮生《りょうせい》の世話《せわ》をする人《ひと》）です。彼女《かのじょ》はデュフォー副校長《ふくこうちょう》から引《ひ》きつぎ、ルイを寄宿舎《きしゅくしゃ》に連《つ》れていきました。

寄宿舎《きしゅくしゃ》の部屋《へや》にはベッドがいくつも並《なら》べられていますが、目《め》の見《み》えないルイには部屋《へや》のつくりがわかりません。室内《しつない》には何《なに》かが腐《くさ》ったような臭《にお》いが漂《ただよ》っています。何歩《なんぽ》か歩《ある》いてから、寮母《りょうぼ》さんがルイの手《て》をつかみ、ベッドの一《ひと》つにその手《て》を荒々《あらあら》しく乗《の》せました。

「ここがあなたのベッドよ」

寮母《りょうぼ》さんの顔《かお》つきはわかりませんが、冷《つめ》たい口調《くちょう》だったので、ルイにはだいたいの想像《そうぞう》がつきました。

「あのぉ、僕《ぼく》の荷物《にもつ》はどこに置《お》けばいいのですか？」

「あー、その汚《きたな》いバッグね」

寮母《りょうぼ》さんはルイが持《も》つバッグを見《み》て興味《きょうみ》なさそうに言《い》い放《はな》ちました。

「……」

「ベッドの横《よこ》にサイドテーブルがあるわ。その中《なか》に入《い》れるのよ。入《はい》りきらなかったら、ベッドの下《した》にでも置《お》いておくことね」

面倒《めんどう》くさそうに吐《は》き捨《す》てると、寮母《りょうぼ》さんは深《ふか》いため息《いき》をついて部屋《へや》を出《で》ていきました。

夕食《ゆうしょく》の時間《じかん》になりました。

食堂《しょくどう》での食事《しょくじ》です。しかし、クーヴレ村《むら》での家族《かぞく》そろっての夕食《ゆうしょく》とは大《おお》ちがいでした。豆《まめ》の入《はい》ったスープとまるで石《いし》のように硬《かた》いパン。あまりにも質素《しっそ》すぎる夕食《ゆうしょく》でした。会話《かいわ》を交《か》わす生徒《せいと》は、ほとんどいません。もちろん、ルイに話《はな》しかける生徒《せいと》も一人《ひとり》もいませんでした。ただ、スプーンが食器《しょっき》にふれるカチャカチャという音《おと》だけが、無機質《むきしつ》に聞《き》こえてきます。

宿舎《しゅくしゃ》に戻《もど》るとき、誰《だれ》かがルイの腕《うで》を支《ささ》えました。

「キミ、手《て》すりにつかまって。急《きゅう》な階段《かいだん》だから気《き》をつけないと」

「……あ、ありがとう」

「オレはガブリエル・ゴーティエ。ベッドはキミの隣《となり》だよ」

「僕《ぼく》はルイ。ルイ・ブライユ。よろしく」

ルイの顔《かお》に笑《え》みのような表情《ひょうじょう》が浮《う》かびました。二人《ふたり》は固《かた》く握手《あくしゅ》します。

こうしてルイとガブリエルは仲《なか》のいい友《とも》だちになりました。もうルイは孤独《こどく》ではなくなったのです。

(父《とう》さん、僕《ぼく》にも友《とも》だちができたよ。だから心配《しんぱい》しなくていいからね)

盲《もう》学《がっ》校《こう》での教《きょう》育《いく》

ガブリエルはルイより一《ひと》つ年上《としうえ》で、盲学校《もうがっこう》には数年前《すうねんまえ》に入学《にゅうがく》していました。

ルイにとって幸運《こううん》だったのは、ガブリエルが盲学校《もうがっこう》の「生《い》き字引《じびき》」のような存在《そんざい》だったことです。

盲学校《もうがっこう》には、前庭《ぜんてい》、運動用《うんどうよう》の歩道《ほどう》、リネン室《しつ》、浴室《よくしつ》、職員用食堂《しょくいんようしょくどう》、生徒用食堂《せいとようしょくどう》、チャペルなどがありました。まるで迷路《めいろ》のような盲学校《もうがっこう》ですが、ガブリエルはどこにどんな部屋《へや》があるのか、だいたいわかっていました。ルイも最初《さいしょ》のころは、ガブリエルと一緒《いっしょ》に行動《こうどう》していたので、少《すこ》しずつその位置《いち》がわかっていきます。数週間《すうしゅうかん》も経《た》つと、ルイの頭《あたま》の中《なか》にはしっかりと校内地図《こうないちず》が描《えが》かれていました。

「ルイ、もう学校《がっこう》に慣《な》れたかい？」

ガブリエルにそう尋《たず》ねられ、

「ああ、キミのおかげだよ」

素直《すなお》に感謝《かんしゃ》しました。

「でも、授業《じゅぎょう》はつまらないだろ？」

「いいや、面白《おもしろ》いよ」

冗談《じょうだん》ではなく、ルイは授業《じゅぎょう》に出《で》るのがすごく楽《たの》しみでした。

「へー、変《か》わってるね」

「だって、地理《ちり》も歴史《れきし》も知《し》らないことが多《おお》かったんだもの。僕《ぼく》の知《し》らなかったことが、どんどんわかって、すごく勉強《べんきょう》になるよ。それに算数《さんすう》も面白《おもしろ》いし」

「ほんと、キミは変《か》わってるね」

「僕《ぼく》、変《か》わってなんかいないよ」

口《くち》をとがらせるルイです。ガブリエルは首《くび》をすくめて言《い》いました。

「オレなんか、勉強《べんきょう》が大嫌《だいきら》い。まだ、カゴやスリッパをつくっているほうがいいね。だって、そのほうが将来《しょうらい》の役《やく》に立《た》つだろ。そう思《おも》わないかい？」

「僕《ぼく》は勉強《べんきょう》が好《す》きだけど、カゴやスリッパをつくるのも好《す》きだよ」

「やっぱりキミはすごく変《か》わっているよ」

そう言《い》いながらも、ガブリエルは嬉《うれ》しそうでした。あとですぐにわかることですが、「勉強《べんきょう》が大嫌《だいきら》い」と言《い》っていたはずのガブリエルは、実《じつ》は勉強家《べんきょうか》で、成績《せいせき》もトップクラスの優秀《ゆうしゅう》な生徒《せいと》だったのです。このガブリエルの紹介《しょうかい》で、ルイはもう一人《ひとり》の生徒《せいと》とも仲良《なかよ》しになりました。イポリット・コルタです。

ルイ、ガブリエル、そしてイポリットの「仲良《なかよ》し三人組《さんにんぐみ》」は、いつもたいてい一緒《いっしょ》でした。勉強《べんきょう》するときも、遊《あそ》ぶときも。彼《かれ》らの友情《ゆうじょう》は、それからもずっとつづくことになります。

ところで、生徒《せいと》たちは盲学校《もうがっこう》で八年間《はちねんかん》学《まな》ぶことになっていました。普通《ふつう》の授業《じゅぎょう》の他《ほか》にも、卒業後《そつぎょうご》に自立《じりつ》するため、カゴ、スリッパ、籐椅子《とういす》、わらやイグサの敷物《しきもの》などをつくる実習《じっしゅう》がありました。現実的《げんじつてき》でもあったギリエ校長《こうちょう》は、それらの製品《せいひん》を売《う》ったお金《かね》を学校運営《がっこううんえい》に回《まわ》したのです。

女子生徒《じょしせいと》には編《あ》み物《もの》や裁縫《さいほう》を教《おし》えました。その完成度《かんせいど》の高《たか》さから、実際《じっさい》、パリの下着《したぎ》メーカーから注文《ちゅうもん》がきたほどです。卒業後《そつぎょうご》、彼女《かのじょ》たちの中《なか》には、目《め》の見《み》えない子《こ》どもに編《あ》み方《かた》を教《おし》える仕事《しごと》に就《つ》く者《もの》もいました。なぜかというと、目《め》の見《み》える人《ひと》よりも、かえって目《め》の見《み》えない人《ひと》のほうが教《おし》え方《かた》が上手《じょうず》だったからです。

盲学校《もうがっこう》の生徒《せいと》がつくった製品《せいひん》、とくにわらとイグサの敷物《しきもの》もよく売《う》れました。販売価格《はんばいかかく》がどこよりも安《やす》く、品質《ひんしつ》も良《よ》かったことが人気《にんき》の理由《りゆう》でした。

ルイが一番得意《いちばんとくい》だったのは、室内履《しつないば》き、つまりスリッパづくりです。父親《ちちおや》が馬具職人《ばぐしょくにん》だったせいか、ルイは勉強《べんきょう》だけでなく、実習《じっしゅう》にも興味津々《きょうみしんしん》でした。手《て》を器用《きよう》に動《うご》かし、誰《だれ》よりも早《はや》く完成《かんせい》させました。最初《さいしょ》の学年《がくねん》の終《お》わりに、ルイはスリッパづくりと編《あ》み物《もの》の両方《りょうほう》で、なんと優秀賞《ゆうしゅうしょう》をもらいました。

ちなみに、盲学校《もうがっこう》でつくられるスリッパには、足《あし》をより暖《あたた》かくするように内側《うちがわ》に毛皮《けがわ》がついていました。凍《い》てつくような冬《ふゆ》の季節《きせつ》になると、主婦《しゅふ》たちが競《きそ》って買《か》い求《もと》めたのです。

まさに「飛《と》ぶように売《う》れた」と言《い》ってもいいでしょう。

ルイは盲学校《もうがっこう》に入学《にゅうがく》して五年目《ごねんめ》にスリッパ製作工房《せいさくこうぼう》の班長《はんちょう》、つまり責任者《せきにんしゃ》に選《えら》ばれることになります。班長《はんちょう》になったルイは、ここでも知恵《ちえ》をしぼりました。

スリッパの中《なか》に手《て》を入《い》れて毛皮《けがわ》を取《と》りつけるのは想像以上《そうぞういじょう》に手間《てま》がかかります。そこでルイはスリッパを裏返《うらがえ》してから毛皮《けがわ》を取《と》りつけることにしました。こんなちょっとしたアイデアで作業時間《さぎょうじかん》がとても早《はや》くなったのです。

また盲学校《もうがっこう》では、卒業後《そつぎょうご》にすぐに仕事《しごと》ができるようにするため、生徒《せいと》が生《う》まれ育《そだ》った環境《かんきょう》と関係《かんけい》した作業《さぎょう》も教《おし》えていました。たとえば、生徒《せいと》の親《おや》が漁師《りょうし》の場合《ばあい》、漁網《ぎょもう》のつくり方《かた》を教《おし》えたりもしていたのです。

しかし、そんな実習《じっしゅう》が行《おこな》われていたにもかかわらず、卒業生《そつぎょうせい》たちの多《おお》くは就職《しゅうしょく》するのに苦労《くろう》していました。ルイが盲学校《もうがっこう》に教師《きょうし》として勤《つと》めていた一八三〇年代《ねんだい》、アメリカ・マサチューセッツ州《しゅう》のパーキンス盲学校《もうがっこう》のサミュエル・ハウ校長《こうちょう》が視察《しさつ》に訪《おとず》れています。

そして、卒業生《そつぎょうせい》の「二十人《にじゅうにん》に一人《ひとり》も仕事《しごと》に就《つ》けない」という事実《じじつ》を知《し》り、彼《かれ》は帰国後《きこくご》、雑誌《ざっし》『北米評論《ほくべいひょうろん》』にこう報告《ほうこく》しました。

「パリ盲学校《もうがっこう》では、職業《しょくぎょう》にはつながりそうもないさまざまな訓練《くんれん》を受《う》けさせているが、それは大《おお》きな間《ま》ちがいである。その訓練《くんれん》による技《わざ》を見《み》せて人々《ひとびと》を驚《おどろ》かせはするが、就職《しゅうしょく》のためにはなんの役《やく》にも立《た》たない」

悲《かな》しいことですが、当時《とうじ》のフランスには、視覚障害者《しかくしょうがいしゃ》に対《たい》する世間《せけん》の偏見《へんけん》（偏《かたよ》った見《み》方《かた》）が根強《ねづよ》く残《のこ》っていました。

もともと翻訳家《ほんやくか》で、十《じっ》か国語《こくご》をあやつる通訳《つうやく》としても活躍《かつやく》していたヴァランタン・アユイが盲人教育《もうじんきょういく》に一生《いっしょう》をささげる決意《けつい》をしたのも、視覚障害者《しかくしょうがいしゃ》への世間《せけん》の偏見《へんけん》を目《ま》の当《あ》たりにしたからです。

アユイは一七七一年《ねん》、サントヴィッドの祭《まつ》りで不愉快《ふゆかい》な光景《こうけい》を目《め》にしました。街角《まちかど》で演奏《えんそう》している九人編成《くにんへんせい》の楽団《がくだん》を市民《しみん》たちが取《と》りかこみ、大笑《おおわら》いしているではありませんか。演奏《えんそう》していたのは、コメディアンのような真《ま》っ赤《か》なガウン姿《すがた》の視覚障害者《しかくしょうがいしゃ》でした。とんがり帽子《ぼうし》をかぶり、顔《かお》には黒《くろ》いメガネ、足元《あしもと》を見《み》るとぶかっこうな木靴《きぐつ》を履《は》いています。彼《かれ》らの指揮者《しきしゃ》もロバの耳《みみ》がついた帽子《ぼうし》をかぶっていました。これだけでも笑《わら》われたことでしょう。

それだけではありません。目《め》が見《み》えないため、楽器《がっき》の持《も》ち方《かた》もぎこちなかったことと、指揮者《しきしゃ》と演奏《えんそう》がかみ合《あ》わず、音《おと》がバラバラになってしまうこともありました。まさに視覚《しかく》障害者《しょうがいしゃ》は見世物《みせもの》でしかなかったのです。しかし、この見世物《みせもの》に観客《かんきゃく》は大喜《おおよろこ》びでした。

（かわいそうに。目《め》が見《み》えないというだけで、笑《わら》いものの見世物《みせもの》になってしまっている。もし、彼《かれ》らがまともな教育《きょういく》を受《う》けていれば、こんなことはないだろう。誰《だれ》もやらないのなら、私《わたし》がやるしかない！）

アユイ、二十六歳《にじゅうろくさい》のときでした。

このときの体験《たいけん》をきっかけに、アユイは盲人教育《もうじんきょういく》を生涯《しょうがい》のテーマに決《き》めます。そして十《じゅう》三年後《さんねんご》の一七八四年《ねん》にパリに盲学校《もうがっこう》を設立《せつりつ》したのです。もしアユイが盲学校《もうがっこう》をつくっていなかったら、ルイが教育《きょういく》を受《う》け、点字《てんじ》を発明《はつめい》することもなかったにちがいありません。

不自由《ふじゆう》すぎる生活《せいかつ》

家族《かぞく》と別《わか》れて盲学校《もうがっこう》の寄宿舎生活《きしゅくしゃせいかつ》をはじめたルイがホームシックになったのは、ほんの数日《すうじつ》だけでした。

ガブリエルという親友《しんゆう》ができたことが、一番《いちばん》の理由《りゆう》でしょう。それに学校《がっこう》の授業《じゅぎょう》は楽《たの》しいし、さまざまな職業訓練《しょくぎょうくんれん》もほどよい気分転換《きぶんてんかん》になりました。しかし、ルイはすべてに満《まん》足《ぞく》していたわけではありません。

何《なに》より不満《ふまん》に思《おも》っていたのは、自由《じゆう》に行動《こうどう》できなかったことです。盲学校《もうがっこう》の生徒《せいと》たちは教師《きょうし》のきびしい監視下《かんしか》に置《お》かれていました。生徒《せいと》が校内《こうない》を勝手《かって》に行《い》き来《き》することはできなかったのです。生徒《せいと》たちの首《くび》には、番号《ばんごう》が記《しる》されたメダルがぶら下《さ》がっていました。その番号《ばんごう》を職員《しょくいん》に見《み》せないかぎり、どこにも行《い》けなかったのです。

ただ、いつも生徒《せいと》が学《まな》ぶ教室《きょうしつ》なら、行《い》き来《き》するのは自由《じゆう》でした。教室《きょうしつ》には、数学《すうがく》を教《おし》える教室《きょうしつ》、歴史《れきし》と国語《こくご》を教《おし》える校長用教室《こうちょうようきょうしつ》、古典《こてん》と地理《ちり》を教《おし》える第二教師用教室《だいにきょうしようきょうしつ》の他《ほか》、ピアノ教室《きょうしつ》が二《に》か所《しょ》とオルガン教室《きょうしつ》もありました。

しかし、浮《う》き出《だ》し文字《もじ》による本《ほん》がある図書室《としょしつ》は教師《きょうし》の許可《きょか》なしには入室《にゅうしつ》できなかったのです。浮《う》き出《だ》し文字《もじ》とは、アルファベットの形《かたち》を浮《う》き出《だ》させた線文字《せんもじ》のことです。

ルイは好奇心《こうきしん》が旺盛《おうせい》でした。イタズラ心《ごころ》も人一倍《ひといちばい》ありました。

（そうだ、今夜《こんや》はあの図書室《としょしつ》に行《い》って本《ほん》を読《よ》もう。授業《じゅぎょう》では目《め》の見《み》えない人用《ひとよう》の本《ほん》を何冊《なんさつ》か読《よ》まされているけど、宗教《しゅうきょう》の本《ほん》ばかりでつまらない。他《ほか》にもっと面白《おもしろ》い本《ほん》がたくさん置《お》いてあるはずだ。いったいどんな本《ほん》が置《お》いてあるのか楽《たの》しみだな）

その夜《よる》、ルイは誰《だれ》にも気《き》づかれないように寄宿舎《きしゅくしゃ》を抜《ぬ》け出《だ》しました。

音《おと》を立《た》てないように、抜《ぬ》き足《あし》、差《さ》し足《あし》、忍《しの》び足《あし》でなんとか図書室《としょしつ》にたどり着《つ》きました。

どうやらカギはかかっていないようです。ルイはゆっくりとドアを開《あ》け、図書室《としょしつ》に忍《しの》び込《こ》むことに成功《せいこう》しました。もちろん、すぐさまドアを静《しず》かに閉《し》めることも忘《わす》れません。

図書室《としょしつ》には大《おお》きな机《つくえ》がありました。ルイが机《つくえ》の上《うえ》を手《て》でなぞってみると、かなり大《おお》きな四角《しかく》い物体《ぶったい》にふれました。いつも授業《じゅぎょう》でさわっている浮《う》き出《だ》し文字《もじ》の本《ほん》だということがすぐにわかりました。ルイはいったいどんな内容《ないよう》の本《ほん》なのか、アルファベットを指《ゆび》でなぞろうとしました。ちょうどそのときです。ガチャッという音《おと》がして、図書室《としょしつ》のドアが開《あ》きました。

「おい、そこにいるのは誰《だれ》だ！」

男性《だんせい》が叫《さけ》びました。ロウソクを手《て》にした職員《しょくいん》が男性《だんせい》のすぐ横《よこ》に立《た》っています。

「あっ、デュフォー先生《せんせい》」

「ルイ、おまえか！」

デュフォー副校長《ふくこうちょう》は声《こえ》を荒《あら》らげました。

「ごめんなさい」

「勝手《かって》に、しかも夜中《よなか》に図書室《としょしつ》に入《はい》るとはとんでもない！」

翌朝《よくあさ》、ルイには罰《ばつ》が待《ま》っていました。

盲学校《もうがっこう》では規則《きそく》を破《やぶ》ると、乾《かん》パンと水《みず》だけの食事《しょくじ》しか与《あた》えられません。他《ほか》の生徒《せいと》に暴力《ぼうりょく》をはたらいたり、学校《がっこう》のものを壊《こわ》したり、何度《なんど》も規則違反《きそくいはん》をする生徒《せいと》には、監禁《かんきん》やムチ打《う》ちなどの体罰《たいばつ》が与《あた》えられることもあります。新入生《しんにゅうせい》のルイも、体罰《たいばつ》から逃《のが》れることはできません。お尻《しり》をムチで打《う》たれて、悲鳴《ひめい》を上《あ》げました。

「あー、ガブリエル、僕《ぼく》、まだお尻《しり》が痛《いた》いよ～」

顔《かお》をしかめてベッドに横《よこ》になるルイを、親友《しんゆう》のイポリットが笑《わら》ってからかいました。

「オレなんか何度《なんど》もたたかれたよ。やっとキミもこの学校《がっこう》の生徒《せいと》になれたね」

「もう二度《にど》とたたかれたくないよ。でも、図書室《としょしつ》の本《ほん》をゆっくり読《よ》みたかったなあ。小説《しょうせつ》とか探検記《たんけんき》とか、いろんな本《ほん》があるんだろうね」

「えっ、ルイ、知《し》らなかったの？」

ガブリエルがちょっとびっくりしたような口調《くちょう》で言《い》います。

「何《なに》が？」

「あの図書室《としょしつ》の本《ほん》も、いつも読《よ》まされている本《ほん》と同《おな》じさ。退屈《たいくつ》な宗教《しゅうきょう》の本《ほん》と文法《ぶんぽう》の本《ほん》しか

置《お》いてないよ」

ガブリエルは優越感《ゆうえつかん》にひたるかのように、ルイの肩《かた》に手《て》をやりました。ギリエ校長《こうちょう》は図書室《としょしつ》に浮《う》き出《だ》し文字《もじ》の本《ほん》を何冊《なんさつ》か置《お》いていましたが、ガブリエルが言《い》ったように、かた苦《くる》しい聖書《せいしょ》の名言集《めいげんしゅう》と文法書《ぶんぽうしょ》だけだったのです。

文字《もじ》の壁《かべ》

生徒《せいと》たちがいつも読《よ》んでいる浮《う》き出《だ》し文字《もじ》を開発《かいはつ》したのは、盲学校《もうがっこう》を創立《そうりつ》したヴァランタン・アユイです。アユイは、目《め》の見《み》えない生徒《せいと》たちに字《じ》を読《よ》ませようと、文章《ぶんしょう》をさわって読《よ》ませる方法《ほうほう》を考《かんが》え出《だ》します。翻訳《ほんやく》や通訳《つうやく》の仕事《しごと》をしていたアユイですが、暗号《あんごう》の解読《かいどく》も行《おこな》っていました。それがヒントになったのでしょう。

印刷《いんさつ》も工夫《くふう》しました。厚《あつ》めの大《おお》きな鉛《なまり》の型《かた》に紙《かみ》を押《お》しつけ、文字《もじ》が紙《かみ》の表面《ひょうめん》に盛《も》り上《あ》がるようにしたのです。生徒《せいと》がそれを指《ゆび》でさわると、アルファベットがわかるという仕組《しく》みです。

しかし、盲学校《もうがっこう》でも浮《う》き出《だ》し文字《もじ》をスムーズに読《よ》める生徒《せいと》はかぎられていました。アルファベットの特定《とくてい》に集中《しゅうちゅう》しすぎるので、単語《たんご》や文章《ぶんしょう》の流《なが》れを自然《しぜん》に追《お》うことができません。つまり、文章《ぶんしょう》をすらすら読《よ》むことができなくなるのです。だから、盲学校《もうがっこう》の生徒《せいと》全員《ぜんいん》が読《よ》みこなすことができたわけではありませんでした。

ルイは盲学校《もうがっこう》に入学《にゅうがく》したばかりのころ、父親《ちちおや》のことを思《おも》い出《だ》したものです。

(この浮《う》き出《だ》し文字《もじ》をさわっていると、父《とう》さんのことを思《おも》い出《だ》すなぁ。父《とう》さんも釘《くぎ》を板《いた》に打《う》ちつけて、アルファベットをつくってくれたっけ)

生徒《せいと》の多《おお》くが浮《う》き出《だ》し文字《もじ》を読《よ》むことに気乗《きの》りしなかったのに、ルイだけは黙々《もくもく》と読《よ》みつづけました。

しかし、そんなルイでも、やがて浮《う》き出《だ》し文字《もじ》の欠点《けってん》に気《き》づきはじめます。

第一《だいいち》に本《ほん》が重《おも》すぎました。なにしろ本一冊《ほんいっさつ》が四《し》、五《ご》キロの重《おも》さなのです。十《じっ》キロ近《ちか》い本《ほん》もありました。しかも、まるで小型《こがた》のスーツケースのような大《おお》きさなので、生徒《せいと》たちが気《き》軽《がる》に手《て》に取《と》って読《よ》むことはできません。そういう意味《いみ》では、まったく実用的《じつようてき》ではなかったのです。

それに印刷《いんさつ》するにも大変《たいへん》な手間《てま》がかかりました。まず鉛《なまり》の活字《かつじ》を一《ひと》つひとつ並《なら》べ、そこに水《みず》で濡《ぬ》らした紙《かみ》を押《お》しつけます。そして、二枚《にまい》のページを背中合《せなかあ》わせに貼《は》りつけなければなりません。もちろん、字《じ》が盛《も》り上《あ》がったほうが表《おもて》です。

このようにとても面倒《めんどう》な工程《こうてい》だったので、たった一《いち》ページをプレス印刷《いんさつ》するのに、何日《なんにち》もかかりました。一冊《いっさつ》の本《ほん》をつくるのに数年《すうねん》、簡単《かんたん》なパンフレットでさえ一年《いちねん》はかかったというから、気《き》の遠《とお》くなる話《はなし》です。

フランスだけではなく、海外《かいがい》でも浮《う》き出《だ》し文字《もじ》を改良《かいりょう》しようとする試《こころ》みはありましたが、うまくいった例《れい》はほとんどありませんでした。

(もっと目《め》の見《み》えない人《ひと》が読《よ》みやすくて、印刷《いんさつ》も簡単《かんたん》な文字《もじ》をつくれないものだろうか)

ルイも頭《あたま》を悩《なや》ませていました。

それに浮《う》き出《だ》し文字《もじ》を目《め》の見《み》えない人《ひと》がつくるのは難《むずか》しいという問題《もんだい》もありました。

盲学校《もうがっこう》では、生徒《せいと》たちが書《か》き方《かた》も学《まな》んでいます。金属板《きんぞくばん》に刻《きざ》んだアルファベットや符号《ふごう》を片方《かたほう》の指先《ゆびさき》でさわってその形《かたち》を記憶《きおく》し、もう片方《かたほう》の手《て》に持《も》った鉄筆《てっぴつ》（先端《せんたん》を丸《まる》くした金《きん》属《ぞく》のペンで、インクは用《もち》いません）を使《つか》い、別《べっ》の紙《かみ》にその形《かたち》を再現《さいげん》するという方法《ほうほう》でした。

目《め》の見《み》えない人《ひと》が実際《じっさい》に手紙《てがみ》を書《か》くときに心配《しんぱい》なのは、行《ぎょう》をかえたつもりでも、書《か》いた文字《もじ》が前《まえ》の行《ぎょう》や前後《ぜんご》の文字《もじ》と重《かさ》なってしまうことです。それをふせぐために、針金《はりがね》か羊《ひつじ》の腸《ちょう》からつくった糸《いと》を横《よこ》に張《は》った木《き》が使《つか》われました。それでも、集中力《しゅうちゅうりょく》がないと、失敗《しっぱい》してしまうことがしばしばでした。

生徒《せいと》のほとんどは、練習《れんしゅう》をしないと、ミミズのはったような文字《もじ》を書《か》くのが普通《ふつう》です。そんな中《なか》で、ルイは最初《さいしょ》から文字《もじ》を間《ま》ちがうことなく、そして文字《もじ》が重《かさ》なることなく、きれいに書《か》けていました。

「キミは本当《ほんとう》にきれいな字《じ》を書《か》くね」

いつもは滅多《めった》に人《ひと》を褒《ほ》めないデュフォー副校長《ふくこうちょう》でさえ、ルイの字《じ》には感心《かんしん》していました。

視覚障害者《しかくしょうがいしゃ》が書《か》く方法《ほうほう》には、もう一《ひと》つありました。

クロスワード・パズルのように、アルファベットの書《か》かれた駒《こま》を並《なら》べて単語《たんご》をつづる方《ほう》法《ほう》です。木《き》の板《いた》の溝《みぞ》に浮《う》き出《だ》し文字《もじ》のブロックをはめ込《こ》むのです。手《て》でさわってもアルファベットが判読《はんどく》できるので、目《め》の見《み》える人《ひと》にも見《み》えない人《ひと》にも読《よ》ませることができました。

ギリエ校長《こうちょう》は、いかに盲学校《もうがっこう》の生徒《せいと》たちが優秀《ゆうしゅう》であるかを実際《じっさい》に示《しめ》したかったようです。よく講堂《こうどう》に関係者《かんけいしゃ》を大勢《おおぜい》集《あつ》めて、生徒《せいと》たちによるデモンストレーションとしてこの駒並《こまなら》べを公開《こうかい》していました。

しかし、いずれの方法《ほうほう》も視覚障害者《しかくしょうがいしゃ》には使《つか》いにくいものでした。

(もっと読《よ》みやすくて、書《か》きやすく、そして印刷《いんさつ》も簡単《かんたん》でなるべく道具《どうぐ》を使《つか》わないような文字《もじ》をつくれないものだろうか)

ルイは真剣《しんけん》に考《かんが》えはじめます。

突然《とつぜん》の別《わか》れ

授業《じゅぎょう》や実習《じっしゅう》でずばぬけた才能《さいのう》を発揮《はっき》するルイには、また別《べつ》の才能《さいのう》がありました。それは音楽《おんがく》です。

音楽《おんがく》を盲人教育《もうじんきょういく》に積極的《せっきょくてき》に取《と》り入《い》れたのは、ギリエ校長《こうちょう》でした。ギリエ校長自身《こうちょうじしん》も音楽《おんがく》に親《した》しんでいたので、浮《う》き出《だ》しにした楽譜《がくふ》をつくるよりも、生徒《せいと》には実際《じっさい》に音楽《おんがく》を聴《き》かせ、楽器《がっき》を演奏《えんそう》させるほうが効果的《こうかてき》だと確信《かくしん》していました。

盲学校《もうがっこう》の校長《こうちょう》に就任《しゅうにん》したとき、ギリエはバイオリンをはじめ、チェロ、コントラバス、クラリネット、オーボエ、フルート、ギター、そして練習用《れんしゅうよう》のオルガンも購入《こうにゅう》しました。

「あの子《こ》たちがこの盲学校《もうがっこう》を卒業《そつぎょう》し、自分《じぶん》の生《う》まれ育《そだ》った町《まち》や村《むら》に帰《かえ》ったとき、教会《きょうかい》のオルガン奏者《そうしゃ》として生活《せいかつ》できればよいが……」

ギリエ校長《こうちょう》は無料奉仕《むりょうほうし》で生徒《せいと》たちにオルガンを教《おし》えていたミュージシャンに、こう語《かた》っていたようです。それだけではありません。ギリエ校長《こうちょう》は自分《じぶん》のポケットマネーでピアノを三台《さんだい》も学校《がっこう》に寄付《きふ》しているのです。

盲学校《もうがっこう》には、音楽教師《おんがくきょうし》のカルデヤックがいます。しかし、彼女《かのじょ》とは別《べつ》に、パリの音楽学校《おんがくがっこう》からも先生《せんせい》が派遣《はけん》され、ピアノ、フルートなどを教《おし》えていました。またパリ在住《ざいじゅう》の有名《ゆうめい》なミュージシャンたちも、無料奉仕活動《むりょうほうしかつどう》として、たびたび盲学校《もうがっこう》にやってきました。

イタリアのバイオリン奏者《そうしゃ》で作曲家《さっきょくか》でもあるニコロ・パガニーニは、盲学校《もうがっこう》を訪《おとず》れて生徒《せいと》たちの演奏《えんそう》を聴《き》いています。そして、そのハーモニーの素晴《すば》らしさに感動《かんどう》したという記録《きろく》も残《のこ》っています。

この事実《じじつ》をみても、ギリエ校長《こうちょう》は心《こころ》の底《そこ》から音楽《おんがく》を愛《あい》し、盲学校《もうがっこう》の音楽教育《おんがくきょういく》に全力《ぜんりょく》をそそいだことがわかるでしょう。

クーヴレ村《むら》では楽器《がっき》をさわったことがなかったルイにとって、音楽《おんがく》は未知《みち》の領域《りょういき》でした。なかでもルイがもっとも興味《きょうみ》をひかれたのはオルガンです。音楽学校《おんがくがっこう》から来《き》た先生《せんせい》に、ルイはオルガンの基本《きほん》から丁寧《ていねい》に教《おし》えられました。自分《じぶん》の指《ゆび》で鍵盤《けんばん》をたたくと、なんとも心《ここ》地《ち》よい音《おと》が出《で》ました。ルイはすぐさまその魅力《みりょく》の虜《とりこ》になったのです。

「オルガンっていいな。僕《ぼく》、オルガンをひいていると、自由《じゆう》な気持《きも》ちになれるんだ」

ルイは、オルガンがいかに素晴《すば》らしい楽器《がっき》か、ガブリエルにその魅力《みりょく》を語《かた》りました。

「うん、楽器《がっき》はいいよな」

適当《てきとう》に相《あい》づちを打《う》つガブリエルでしたが、ルイはなおも夢見《ゆめみ》るようにたたみかけました。

「なんていうか、まるで鳥《とり》になって空《そら》を飛《と》んでいるような。もうオルガンって、最高《さいこう》！」

「よかったな。勉強《べんきょう》やスリッパづくり以外《いがい》にも好《す》きなことが見《み》つかって」

熱《あつ》くなりすぎた親友《しんゆう》に皮肉《ひにく》たっぷりな言葉《ことば》を返《かえ》すガブリエルです。ルイはますます熱《あつ》くなりました。そして、将来《しょうらい》の自分《じぶん》の姿《すがた》をガブリエルに教《おし》えたくなりました。

「ガブリエル、僕《ぼく》、音楽家《おんがくか》に向《む》いているのかも。ねっ、キミもそう思《おも》うだろ？」

「ああ、オレもそう思《おも》うよ」

とガブリエルは答《こた》えました。ところが、面白《おもしろ》いことに、音楽家《おんがくか》として大成《たいせい》したのは、ルイの夢《ゆめ》を聞《き》かされていたガブリエル・ゴーティエのほうでした。演奏家《えんそうか》として、そして作《さっ》曲家《きょくか》として、その才能《さいのう》を花開《はなひら》かせたガブリエルは、のちに盲学校《もうがっこう》のオーケストラの指揮者《しきしゃ》にもなっています。

さて、充実《じゅうじつ》した学校生活《がっこうせいかつ》を送《おく》るルイでしたが、盲学校二年目《もうがっこうにねんめ》に大《おお》きな変化《へんか》がありました。ギリエ校長《こうちょう》が急《きゅう》に学校《がっこう》を去《さ》ったのです。その理由《りゆう》は誰《だれ》にも知《し》らされませんでした。が、なんらかの問題《もんだい》を起《お》こして解雇《かいこ》されたことだけは確《たし》かです。

「わーい、あのギリエ校長《こうちょう》がいなくなったぞ。よかった！」

「これで学校《がっこう》も自由《じゆう》になるさ」

「なんで辞《や》めさせられたのか知《し》らないけど、あのきびしい校長《こうちょう》がいなくなってスッキリしたよ」

生徒《せいと》たちからは喜《よろこ》びの声《こえ》こそ聞《き》こえてきましたが、別《わか》れを惜《お》しむ声《こえ》は、ほとんどありませんでした。

ギリエ校長《こうちょう》は学校《がっこう》の運営《うんえい》には全力《ぜんりょく》をそそぎました。その功績《こうせき》はけっして小《ちい》さくありません。しかし、なんでも規則《きそく》ずくめで生徒《せいと》をがんじがらめにしてしまったので、生徒《せいと》からの評判《ひょうばん》はあまり良《よ》くなかったようです。頑固《がんこ》な性格《せいかく》でもあったので、周囲《しゅうい》のアドバイスも聞《き》かず、教師《きょうし》や職員《しょくいん》にも嫌《きら》われていたのでしょう。

ところが、ルイはちがいました。

「さみしいなぁ。みんなギリエ校長《こうちょう》のことを悪《わる》く言《い》うけど、僕《ぼく》、嫌《きら》いじゃなかったよ。あの人《ひと》のおかげで僕《ぼく》たちは楽器《がっき》を演奏《えんそう》できるようになったのだから」

「そうだよ」

ガブリエルもルイと同《おな》じ気持《きも》ちでした。

ルイとガブリエルにとって、音楽《おんがく》の素晴《すば》らしさを教《おし》えてくれたギリエ校長《こうちょう》は、良《よ》き教育《きょういく》者《しゃ》であり、恩人《おんじん》だったのかもしれません。しかし、ギリエ校長《こうちょう》以上《いじょう》にルイの人生《じんせい》に大《おお》きな影響《えいきょう》を与《あた》える二人《ふたり》の人物《じんぶつ》が登場《とうじょう》します。

新《あたら》しい光《ひかり》

一八二一年《ねん》二月《がつ》二十日《か》、アレクサンドル・フランソワ＝ルネ・ピニエが新《あたら》しい校長《こうちょう》として盲学校《もうがっこう》にやってきました。熱心《ねっしん》なカトリック教徒《きょうと》であるピニエ新校長《しんこうちょう》は、どちらかというと真面目《まじめ》すぎる人物《じんぶつ》です。最初《さいしょ》の印象《いんしょう》では冗談《じょうだん》もあまり通《つう》じない感《かん》じがしました。

(またコチコチのうるさい人《ひと》が来《き》たのか)

誰《だれ》もがそう思《おも》ったことでしょう。

しかし、じつは彼《かれ》は大変穏《たいへんおだ》やかな性格《せいかく》で、心《こころ》やさしく、理想家肌《りそうかはだ》の教育者《きょういくしゃ》だということが、すぐにわかりました。ギリエ前校長《ぜんこうちょう》と同《おな》じように、ピニエ校長《こうちょう》も医師《いし》でもあります。そのため、医師《いし》としての直感《ちょっかん》で、盲学校《もうがっこう》の環境《かんきょう》がいかに良《よ》くないかということにすぐに気《き》づきました。実際《じっさい》、顔色《かおいろ》が悪《わる》く、やせ衰《おとろ》えた生徒《せいと》が多《おお》く、絶《た》えず咳《せき》をしている生徒《せいと》も少《すく》なくありません。

「建物《たてもの》がいやに湿《しめ》っぽいですな。空気《くうき》も良《よ》くない。どうなってるんですか？」

新校長《しんこうちょう》のピニエが、副校長《ふくこうちょう》のデュフォーに問《と》いただしました。

「建物《たてもの》が古《ふる》いので仕方《しかた》がないですな」

「それにガスのようなニオイがしますが……」

「あ、そうですか」

デュフォー副校長《ふくこうちょう》はうんざりした表情《ひょうじょう》で首《くび》をすくめました。

「なにしろ風通《かぜとお》しの悪《わる》い低地《ていち》に建《た》てられたものですから、仕方《しかた》がないですね」

「うーむ、改善《かいぜん》の余地《よち》がありますな。ところで、少《すこ》し寒《さむ》い気《き》がしますが、暖房《だんぼう》はどうしていますか」

「薪《まき》ストーブです。薪《まき》を十五《じゅうご》か所《しょ》の窯《かま》で燃《も》やして建物全体《たてものぜんたい》を暖《あたた》めているのですが、ピニエ校長《こうちょう》は寒《さむ》く感《かん》じますか」

校舎《こうしゃ》の大《おお》きさからすれば、ストーブの数《かず》が少《すく》なすぎます。これでは十分《じゅうぶん》な暖《あたた》かさを保《たも》てないことは明《あき》らかでした。

「で、生徒《せいと》たちの入浴《にゅうよく》は週《しゅう》に何回《なんかい》ですか」

ピニエ校長《こうちょう》が念《ねん》のために聞《き》くと、

「ご冗談《じょうだん》でしょ。風呂《ふろ》に入《はい》るのは月《つき》に一度《いちど》だけですよ」

デュフォー副校長《ふくこうちょう》の話《はなし》を聞《き》いて、ピニエ校長《こうちょう》は絶望的《ぜつぼうてき》な気持《きも》ちになるのを必死《ひっし》でこらえます。驚《おどろ》くことに、盲学校《もうがっこう》では料理《りょうり》や洗濯《せんたく》のために使《つか》う水《みず》は、近《ちか》くを流《なが》れるセーヌ川《がわ》からくんできたものでした。不潔《ふけつ》としか言《い》いようがありません。その量《りょう》もかぎられており、毎《まい》日大《にちおお》きな樽《たる》で二杯《にはい》だけです。千《せん》リットルほどと思《おも》ってください。

(これでは生徒《せいと》たちが病気《びょうき》にならないほうがおかしい)

ピニエ校長《こうちょう》は着任早々《ちゃくにんそうそう》、二人《ふたり》の医師《いし》に生徒《せいと》の健康《けんこう》チェックをお願《ねが》いします。その結果《けっか》、明《あき》らかに結核《けっかく》の症状《しょうじょう》を示《しめ》す生徒《せいと》やリンパ腺《せん》が腫《は》れている生徒《せいと》がかなりの数《かず》いることがわかりました。残念《ざんねん》なことに、ルイもその一人《ひとり》でした。

とくに女子生徒《じょしせいと》に多《おお》かったのが、若者《わかもの》には珍《めずら》しい消化不良《しょうかふりょう》です。そして、なによりも栄《えい》養《よう》不《ふ》良《りょう》が育《そだ》ち盛《ざか》りの生《せい》徒《と》たちの健《けん》康《こう》を悪《あっ》化《か》させていることも明《あき》らかになりました。

こうした症《しょう》状《じょう》を起《お》こす原《げん》因《いん》は、いったいなんだったのでしょうか。

「原《げん》因《いん》は、換《かん》気《き》の悪《わる》い盲《もう》学《がっ》校《こう》の建《たて》物《もの》と寄《き》宿《しゅく》舎《しゃ》の住《じゅう》環《かん》境《きょう》、貧《ひん》弱《じゃく》な給《きゅう》食《しょく》にあるのではないか」

二《ふた》人《り》の医《い》師《し》はピニエ校《こう》長《ちょう》にこう報《ほう》告《こく》しました。

この報《ほう》告《こく》を聞《き》いたピニエ校《こう》長《ちょう》は、さっそくフランス政《せい》府《ふ》に盲《もう》学《がっ》校《こう》の環《かん》境《きょう》を改《かい》善《ぜん》するよう手《て》紙《がみ》で訴《うった》えました。しかし、その訴《うった》えは政《せい》府《ふ》に無《む》視《し》されます。

(仕《し》方《かた》がない。こうなったら、自《じ》分《ぶん》たちで改《かい》善《ぜん》するしかない)

ピニエ校《こう》長《ちょう》が最《さい》初《しょ》に取《と》りかかったのは、盲《もう》学《がっ》校《こう》の食《しょく》事《じ》を変《か》えることでした。しかし、運《うん》営《えい》資《し》金《きん》がかぎられているので、いくらやりくりしても、すぐに食《しょく》事《じ》内《ない》容《よう》を変《か》えることはできません。そこで、ピニエ校《こう》長《ちょう》はてっとり早《ばや》い手《しゅ》段《だん》を思《おも》いつきます。それは生《せい》徒《と》を屋《おく》外《がい》で活《かつ》動《どう》させることでした。

ピニエ校長《こうちょう》の改革《かいかく》

「さあ、みんな、今度《こんど》は植物園《しょくぶつえん》に行《い》こう！」

ピニエ校長《こうちょう》は生徒《せいと》たちに思《おも》いっきり新鮮《しんせん》な空気《くうき》を吸《す》わせようと、近《ちか》くの植物園《しょくぶつえん》に行《い》くことを提案《ていあん》しました。

「え、植物園《しょくぶつえん》？」

「植物園《しょくぶつえん》で何《なに》をするんだろう？」

これまで植物園《しょくぶつえん》には行《い》ったことがなかったので、生徒《せいと》たちは喜《よろこ》ぶどころか、戸惑《とまど》うばかりです。

それから数日後《すうじつご》のことでした。若《わか》い職員《しょくいん》が持《も》つロープにつかまって、生徒《せいと》たちが路地《ろじ》を歩《ある》いています。しばらくして植物園《しょくぶつえん》に着《つ》きました。

「木《き》はどっちだったかな？」

「あっちだよ。右《みぎ》、右《みぎ》」

「バカだな。木《き》なんて右《みぎ》にも左《ひだり》にもあるよ」

そんな声《こえ》があちらこちらから聞《き》こえてきます。みんなロープから手《て》を離《はな》して広《ひろ》い植物園《しょくぶつえん》を思《おも》い思《おも》いに移動《いどう》しはじめました。ゆっくりと歩《ある》く生徒《せいと》もいるし、かけっこをする生徒《せいと》もいます。全員《ぜんいん》がイキイキとしていました。

「おい、転《ころ》ぶなよ！」

「大丈夫《だいじょうぶ》。あっ」

短《みじか》い悲鳴《ひめい》が聞《き》こえたと思《おも》ったら、ドタッと芝生《しばふ》に倒《たお》れる生徒《せいと》も……。

「うわー、転《ころ》んだ。アハハ」

そんな生徒《せいと》たちの楽《たの》しそうなやりとりを目《ま》の当《あ》たりにして、

(いつも換気《かんき》が悪《わる》く、不潔《ふけつ》な校舎《こうしゃ》で生活《せいかつ》していては、生徒《せいと》の健康状態《けんこうじょうたい》がますます悪《わる》くなる。やはり外《そと》で遊《あそ》ぶことが大切《たいせつ》なんだ。不健康《ふけんこう》だった生徒《せいと》たちだが、これからは元気《げんき》になって

くれるだろう)

と目《め》を細《ほそ》めるピニエ校長《こうちょう》でした。

また、ピニエ校長《こうちょう》は生徒《せいと》たちに建設作業《けんせつさぎょう》も体験《たいけん》させました。その目的《もくてき》を生徒《せいと》の父兄《ふけい》たちにピニエ校長《こうちょう》はこう語《かた》っています。

「目《め》の見《み》えない人《ひと》でも社会活動《しゃかいかつどう》ができるということを世間《せけん》に知《し》らせたいのですよ。それに生徒《せいと》たちに労働《ろうどう》の大切《たいせつ》さを教《おし》えることもできる。もっとも、一番《いちばん》の目的《もくてき》は生徒《せいと》たちの健康《けんこう》ですよ。外《そと》で汗《あせ》を流《なが》すことで、健康維持《けんこういじ》になりますからね」

さらに、ピニエ校長《こうちょう》は、子《こ》どもたちにもっと本《ほん》を読《よ》ませることも必要《ひつよう》だと感《かん》じていました。ところが、副校長《ふくこうちょう》のデュフォーはそうではありません。

「ピニエ校長《こうちょう》、視覚障害者用《しかくしょうがいしゃよう》の本《ほん》を印刷《いんさつ》するのはとても面倒《めんどう》です。文字《もじ》は通常《つうじょう》の本《ほん》よりもかなり大《おお》きくしなければならない。たとえば、ピエール・ボーマルシェの『フィガロの結婚《けっこん》』です。あの本《ほん》が視覚障害者用《しかくしょうがいしゃよう》だと、普通《ふつう》の本《ほん》の五倍《ごばい》、六倍《ろくばい》もの大《おお》きさになってしまう。それも第一巻《だいいっかん》だけでですよ。全巻《ぜんかん》だと二十冊《にじっさつ》にもなるので、保管《ほかん》するのも大変《たいへん》ですぞ」

デュフォー副校長《ふくこうちょう》が指摘《してき》するように、視覚障害者用《しかくしょうがいしゃよう》の本《ほん》を印刷《いんさつ》するのには多《おお》くの時間《じかん》と複雑《ふくざつ》な手間《てま》がかかりました。たとえ印刷《いんさつ》し終《お》わったとしても、生徒《せいと》がその本《ほん》を読《よ》むのも一仕事《ひとしごと》です。とにかく大《おお》きいし、重《おも》さに至《いた》っては一冊《いっさつ》で五キロ前後《ぜんご》もありました。

生徒《せいと》たちの野外活動《やがいかつどう》をより積極的《せっきょくてき》にし、もっと本《ほん》を読《よ》ませたいとするピニエ校長《こうちょう》の教育《きょういく》方針《ほうしん》をデュフォー副校長《ふくこうちょう》はいつも冷《ひ》ややかに見《み》つめていました。この二人《ふたり》の意見《いけん》のちがいが、それからもずっとつづくことになります。

ヴァランタン・アユイ

ピニエ校長《こうちょう》が盲学校《もうがっこう》にやってきて半年後《はんとしご》の八月《がつ》二十一日《にち》のことです。

盲学校《もうがっこう》の食堂《しょくどう》や講堂《こうどう》、そして各教室《かくきょうしつ》が華《はな》やかに飾《かざ》られていました。この日《ひ》、盲学校《もうがっこう》で盛大《せいだい》なコンサートが開催《かいさい》されるからです。生徒《せいと》たちは朝《あさ》からみんなウキウキしていました。

「僕《ぼく》、早《はや》くあの人《ひと》に会《あ》いたいなあ」

ルイも興奮《こうふん》してガブリエルに伝《つた》えました。

チェロを演奏《えんそう》することになっていたルイは、ある人《ひと》と話《はなし》ができることを楽《たの》しみにしていたからです。コンサートは、その人物《じんぶつ》の歓迎会《かんげいかい》も兼《か》ねていました。盲学校《もうがっこう》の創設者《そうせつしゃ》、ヴァランタン・アユイです。アユイがいなければ、ルイが盲学校《もうがっこう》に入学《にゅうがく》することもなかったでしょう。そして、点字《てんじ》が発明《はつめい》されることもなかったにちがいありません。


一八〇二年《ねん》二月《がつ》に政府《せいふ》に反抗《はんこう》したことから盲学校《もうがっこう》を退職《たいしょく》させられたヴァランタン・アユイは、ロシア皇帝《こうてい》アレクサンドル一世《いっせい》の招《まね》きで、サンクトペテルブルクに向《む》かいます。ロシアにも盲学校《もうがっこう》を設立《せつりつ》するためでした。

ところが、この盲学校設立計画《もうがっこうせつりつけいかく》はあまりうまくいかなかったようです。アユイは外国《がいこく》のロシアで健康《けんこう》も害《がい》し、失意《しつい》のままフランスに戻《もど》りました。帰国後《きこくご》のアユイは金銭的《きんせんてき》にも余《よ》裕《ゆう》がなかったようです。そのため、神父《しんぷ》をしている兄《あに》のもとに身《み》を寄《よ》せることにしました。

なんと兄《あに》の住《す》まいは、自分《じぶん》が設立《せつりつ》した盲学校《もうがっこう》のすぐ近《ちか》くです。いつでも盲学校《もうがっこう》を訪《たず》ねることができる距離《きょり》でしたが、アユイは盲学校《もうがっこう》の門《もん》をくぐろうとしませんでした。ギリエ前《ぜん》校長《こうちょう》がアユイを嫌《きら》っていたからです。

しかし、そのギリエも盲学校《もうがっこう》を去《さ》りました。

(盲学校《もうがっこう》の功労者《こうろうしゃ》であるアユイさんを公式《こうしき》に招《まね》いて歓迎会《かんげいかい》をもよおそう)

こうして、ピニエ新校長《しんこうちょう》が歓迎会《かんげいかい》を思《おも》いついたというわけです。

すでに七十歳《ななじっさい》を超《こ》えたアユイが盲学校《もうがっこう》に足《あし》を踏《ふ》み入《い》れるのは、じつに二十年《にじゅうねん》ぶりのことでした。生徒《せいと》たちは拍手《はくしゅ》で盲学校創立者《もうがっこうそうりつしゃ》を迎《むか》えます。コンサート会場《かいじょう》では、合唱隊《がっしょうたい》の生徒《せいと》たちがアユイにささげるため、カンタータを歌《うた》いはじめました。

「ああ、なんて懐《なつ》かしい。マリア様《さま》、ありがとうございます。このカンタータを聴《き》いたのは、もう三十年《さんじゅうねん》も前《まえ》のことだ」

アユイは独《ひと》り言《ごと》のようにつぶやきました。

この歌《うた》はバレンタイン・デーを祝《いわ》うために盲学校《もうがっこう》の生徒《せいと》たちがつくったものです。一七八八年《ねん》の二月《がつ》に盲学校《もうがっこう》の合唱隊《がっしょうたい》によって初《はじ》めて歌《うた》われました。

隣《となり》に座《すわ》ったピニエ校長《こうちょう》は、アユイの目《め》にうっすらと涙《なみだ》がにじんでいることに気《き》づきました。生徒《せいと》たちの合唱《がっしょう》やその他《ほか》の演奏《えんそう》に耳《みみ》を傾《かたむ》けたアユイ。自分《じぶん》がはじめた盲人教育《もうじんきょういく》の成果《せいか》をしみじみとかみしめたことでしょう。

コンサートが終《お》わってから、アユイはカゴやスリッパなどが展示《てんじ》されている教室《きょうしつ》を見《み》てまわりました。生徒《せいと》たちとも食事《しょくじ》をともにし、数人《すうにん》の生徒《せいと》たちとは会話《かいわ》もしています。

さすがのルイも尊敬《そんけい》する人物《じんぶつ》の前《まえ》では緊張《きんちょう》して、ほんの少《すこ》ししかアユイと言葉《ことば》を交《か》わすことができませんでした。しかし、握手《あくしゅ》だけはしっかりとしました。

アユイはみんなの前《まえ》で感謝《かんしゃ》のあいさつをしようとしたのですが、感動《かんどう》のあまりなかなか言葉《ことば》にならなかったようです。それでも、自分《じぶん》の功績《こうせき》を自画自賛《じがじさん》することなく、

「すべては聖母《せいぼ》マリア様《さま》のなさったことなのです」

と声《こえ》をふりしぼりました。その目《め》に涙《なみだ》があふれているのを生徒《せいと》たちは見《み》ることができま

せん。

この歓迎会《かんげいかい》から一年後《いちねんご》、ヴァランタン・アユイはこの世《よ》を去《さ》ることになります。

画期的《かっきてき》な文字《もじ》

盲学校《もうがっこう》が夏休《なつやす》みに入《はい》る前《まえ》、一人《ひとり》の人物《じんぶつ》がピニエ校長《こうちょう》を訪《たず》ねました。

ルイ十六世時代《じゅうろくせいじだい》にフランス陸軍《りくぐん》の砲兵隊長《ほうへいたいちょう》だったシャルル・バルビエ大尉《たいい》です。バルビエ大尉《たいい》は一八二〇年《ねん》にも盲学校《もうがっこう》を訪《おとず》れ、当時《とうじ》の校長《こうちょう》だったギリエに自分《じぶん》が考《かんが》えた視覚障害者用《しかくしょうがいしゃよう》の文字《もじ》を採用《さいよう》するよう提案《ていあん》しましたが、考《かんが》え方《かた》が保守的《ほしゅてき》で頑固《がんこ》なギリエ校長《こうちょう》にあっさりと断《ことわ》られていました。しかし、校長《こうちょう》が代《か》わったことを知《し》って、再《ふたた》び盲学校《もうがっこう》を訪《おとず》れたのです。

「いいですか、ピニエ校長《こうちょう》、これから私《わたし》が話《はな》す内容《ないよう》はきわめて重要《じゅうよう》です。視覚障害者《しかくしょうがいしゃ》たちに画期的《かっきてき》な恩恵《おんけい》を与《あた》えるでしょう」

　バルビエ大尉《たいい》がピニエ校長《こうちょう》の目《め》を見《み》つめました。

「そうですか」

　ピニエ校長《こうちょう》が気《き》のない相《あい》づちを打《う》ちます。バルビエ大尉《たいい》だけでなく、盲学校《もうがっこう》には視覚障害者用《しかくしょうがいしゃよう》の文字《もじ》を発明《はつめい》したという自称《じしょう》「発明家《はつめいか》」たちが何人《なんにん》もピニエ校長《こうちょう》に売《う》りこみにきています。が、いずれもアルファベットを土台《どだい》にしたものでした。しかも、どれもこれも役《やく》に立《た》たないものばかりだったからです。

「それで」

　ピニエ校長《こうちょう》が話《はなし》をうながすと、バルビエ大尉《たいい》は真《ま》っ暗《くら》な夜《よる》に敵《てき》と戦闘状態《せんとうじょうたい》になったときの体験《たいけん》から話《はな》しはじめました。

「なにしろ夜《よる》だから、あたりは真《ま》っ暗《くら》です。せっかく私《わたし》が指令《しれい》を紙《かみ》に書《か》いて、伝令《でんれい》に渡《わた》しても、もらった部下《ぶか》は松明《たいまつ》がなければ、指令《しれい》なんか読《よ》めない。しかし松明《たいまつ》なんかかざしたら、敵《てき》にすぐバレてしまうではないですか。まさにドンパチやっているときに、『前進《ぜんしん》』

させるのか、それとも『退却《たいきゃく》』させるのか。それを敵《てき》に知《し》らせることなく、部下《ぶか》に伝《つた》える
にはどうすればよいのか。そう考《かんが》えている私《わたし》に突然《とつぜん》、素晴《すば》らしい考《かんが》えが思《おも》い浮《う》かんだ。で、
さっそく実行《じっこう》に移《うつ》したというわけです」
「ほう。いったいどんな考《かんが》えですか？」
「あるサインをつくったのですよ。紙《かみ》に浮《う》き上《あ》がった点《てん》と線《せん》を指《ゆび》でさわると、部下《ぶか》は私《わたし》の
指令《しれい》をすぐに理解《りかい》できた。私《わたし》はそれを『夜間文字《やかんもじ》』と呼《よ》びました」
「えっ、点《てん》と線《せん》だけですか？」
「そうです、校長《こうちょう》。だが、そのときの私《わたし》は、この点《てん》と線《せん》だけのサインが視覚障害者《しかくしょうがいしゃ》のため
に役立《やくだ》つなんてことは、少《すこ》しも、いや、まったく考《かんが》えなかった。しかしある日《ひ》、私《わたし》が産業《さんぎょう》
製品博覧会《せいひんはくらんかい》に出展《しゅってん》したときのことです。ゴホンッ……」
「大尉《たいい》、大丈夫《だいじょうぶ》ですか？」
「あ、失礼《しつれい》。校長《こうちょう》、水《みず》を一杯《いっぱい》いただけますか？」
「あっ、これは失礼《しつれい》」

校長《こうちょう》が目《め》の前《まえ》に置《お》かれている水差《みずさ》しを持《も》ち上《あ》げ、バルビエ大尉《たいい》の空《から》っぽになったグラスに水《みず》をつぎ足《た》しました。バルビエ大尉《たいい》は一気《いっき》に水《みず》を飲《の》み干《ほ》し、ハンカチで額《ひたい》の汗《あせ》をぬぐいます。

「ほんと、暑《あつ》いですな。で、どこまでしゃべりましたかな？」

「産業製品博覧会《さんぎょうせいひんはくらんかい》に出展《しゅってん》されたということでしたが」

「あ、そうだ。その産業製品博覧会《さんぎょうせいひんはくらんかい》で私《わたし》は見《み》たんです。目《め》の見《み》えない子《こ》どもたちが、異常《いじょう》に大《おお》きな本《ほん》を開《ひら》いて、指《ゆび》でさわっているじゃないですか。なんだろうと思《おも》っていたのですが、しばらくしてから私《わたし》は、子《こ》どもたちが視覚障害者用《しかくしょうがいしゃよう》の浮《う》き出《で》た文字《もじ》をさわっていることに気《き》づいたんです」

大尉《たいい》はもったいぶって咳払《せきばら》いしました。

「ほう」

ピニエ校長《こうちょう》はいらだちを隠《かく》すかのように相《あい》づちを打《う》ちました。

「そのとき私《わたし》は、『これは視覚障害者《しかくしょうがいしゃ》にも使《つか》えるぞ』と思《おも》った。なんというか、直感《ちょっかん》ですな。そこで軍隊時代《ぐんたいじだい》につくった『夜間文字《やかんもじ》』を改良《かいりょう》して、浮《う》き出《で》た点《てん》と線《せん》で視覚障害者用《しかくしょうがいしゃよう》の文字《もじ》をつくったというわけです」

「その文字《もじ》を見《み》せていただけますか」

ピニエ校長《こうちょう》が興味《きょうみ》を示《しめ》しました。

「もちろんですとも」

バルビエ大尉《たいい》は自信《じしん》たっぷりに胸《むね》をはり、持《も》ってきた自分《じぶん》の革《かわ》のカバンから数枚《すうまい》の紙《かみ》を取《と》り出《だ》しました。そして、それをピニエ校長《こうちょう》の机《つくえ》に置《お》きました。

「これが『ソノグラフィー』の見本《みほん》です。視覚障害者《しかくしょうがいしゃ》たちが首《くび》をながくして待《ま》ち望《のぞ》んでいた文字《もじ》ですぞ」

ピニエ校長《こうちょう》が身《み》を乗《の》り出《だ》しました。

（これまでの視覚障害者用文字《しかくしょうがいしゃようもじ》とは明《あき》らかにちがう）

ピニエ校長《こうちょう》にはソノグラフィーが新鮮《しんせん》なものに思《おも》えました。

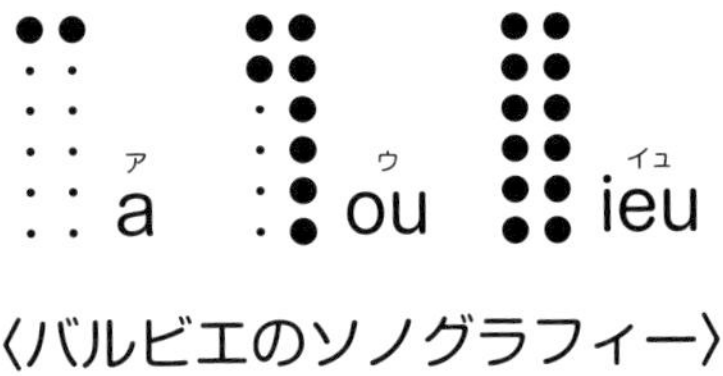

〈バルビエのソノグラフィー〉

「バルビエ大尉《たいい》、これはじつに画期的《かっきてき》な方法《ほうほう》ですね」

「ギリエ前校長《ぜんこうちょう》にも私《わたし》の方法《ほうほう》を説明《せつめい》したけど、ダメでしたよ。なにしろ彼《かれ》は頭《あたま》がかたすぎる。しかし、ピニエ校長《こうちょう》、あなたはちがう。理解力《りかいりょく》があるお方《かた》とお見受《みう》けしました。もちろん、私《わたし》のソノグラフィーをこの盲学校《もうがっこう》でも教科書《きょうかしょ》に採用《さいよう》してくださるでしょうね」

「はい、私《わたし》もそのつもりですが、他《ほか》の先生《せんせい》とも相談《そうだん》しなければなりませんので。それに生《せい》徒《と》たちにも試《ため》してみたいのです」

ピニエ校長《こうちょう》が即断《そくだん》しなかったことで、バルビエ大尉《たいい》は少《すこ》し気分《きぶん》を悪《わる》くしたようです。

「なんてのん気《き》なことを言《い》っているのですか、校長《こうちょう》。早《はや》くこのソノグラフィーを採用《さいよう》しないと、生徒《せいと》たちの教育《きょういく》がますます遅《おく》れますぞ！」

「まあまあ、そんなに興奮《こうふん》しないでください」

ピニエ校長《こうちょう》はバルビエ大尉《たいい》をなだめにかかりました。

「失礼《しつれい》な。誰《だれ》が興奮《こうふん》しているのかね」

「いずれにしても、生徒《せいと》たちにも試《ため》させますので、近《ちか》いうちにもう一度《いちど》来《き》てください」

ピニエ校長《こうちょう》の実験《じっけん》

それから数日後《すうじつご》、ピニエ校長《こうちょう》は講堂《こうどう》に生徒全員《せいとぜんいん》を集《あつ》めました。

「みなさん、よく聞《き》いてください。これからある実験《じっけん》をします。キミたちも協力《きょうりょく》してください」

そう言《い》ってピニエ校長《こうちょう》は生徒《せいと》の机《つくえ》の上《うえ》に紙《かみ》を置《お》きました。バルビエ大尉《たいい》が残《のこ》していったソノグラフィーの見本《みほん》です。

「今《いま》、キミたちの机《つくえ》の上《うえ》に紙《かみ》を置《お》きました。さあ、さわってごらん」

「ピニエ先生《せんせい》、丸《まる》い点《てん》のようなものがいくつか並《なら》んでいます」

一人《ひとり》の生徒《せいと》が言《い》います。

「その通《とお》り。この点《てん》はあるルールに沿《そ》って並《なら》んでいるもので、それぞれの組《く》み合《あ》わせでフランス語《ご》の音《おん》をあらわしているんだよ」

「へえー、面白《おもしろ》い」

別《べつ》の生徒《せいと》が興味深《きょうみぶか》そうに紙《かみ》に浮《う》き出《で》た点《てん》をさわりつづけました。

バルビエ大尉《たいい》の考《かんが》え出《だ》したソノグラフィーは、アルファベットではなく、フランス語《ご》の三十六《さんじゅうろく》ある音《おん》を十二個《じゅうにこ》の点《てん》であらわすというものでした。

「いいかい。さわってみるとわかるけど、縦二列《たてにれつ》で左右《さゆう》それぞれに六《むっ》つの点《てん》がある。これを組《く》み合《あ》わせて、音《おん》をあらわしているんだよ。たとえば、右《みぎ》に五《いっ》つ、左《ひだり》に六《むっ》つの点《てん》だとion《イオン》、左右《さゆう》とも五《いっ》つずつだとgn《ニュ》、それに……」

ピニエ校長《こうちょう》はいくつかの音《おん》を生徒《せいと》たちに教《おし》えました。生徒《せいと》たちはソノグラフィーにすっかり夢中《むちゅう》になったようです。

「これがj《ジ》?」

「ちがうよ。それはion《イオン》」

点《てん》をさわるたびに、生徒《せいと》たちはその音《おん》を口《くち》にしました。

「実際《じっさい》にさわってみて、今《いま》までの浮《う》き出《だ》し文字《もじ》と比《くら》べて、どちらがわかりやすいかな？」

ピニエ校長《こうちょう》の質問《しつもん》に、

「指《ゆび》でさわると、この文字《もじ》のほうがわかりやすいです」

と、生徒全員《せいとぜんいん》が同《おな》じ答《こた》えを返《かえ》しました。

「ルイ、このソノグラフィーをどう思《おも》う？」

しばらくして、ピニエ校長《こうちょう》がルイに感想《かんそう》を聞《き》きました。

「確《たし》かに面白《おもしろ》い方法《ほうほう》ですね。僕《ぼく》は、だいたいわかりました」

「さすが、ルイだ」

「でも、この文字《もじ》を書《か》くにはどうすればいいのですか？」

「いい質問《しつもん》だ。バルビエ大尉《たいい》が考《かんが》えたソノグラフィーで文字《もじ》をつくるには、いくつかの道《どう》具《ぐ》を用意《ようい》しなければならない」

ピニエ校長《こうちょう》は持《も》っていたじょうぎをルイに手《て》わたしました。

「これはなんですか？　じょうぎみたい」

「そう、じょうぎだよ。文字《もじ》を書《か》くときは、必《かなら》ずこのじょうぎを紙《かみ》にあてる。ルイ、さわってごらん」

ピニエ校長《こうちょう》に言《い》われて、ルイはじょうぎを指《ゆび》でなぞりはじめました。

「何《なに》か溝《みぞ》のようなものが刻《きざ》まれています」

「よくわかったね、ルイ。このじょうぎには六本《ろっぽん》の溝《みぞ》が刻《きざ》まれている。溝《みぞ》と溝《みぞ》の間《あいだ》は同《おな》じ幅《はば》だということがわかるね」

「はい」

「ではルイ、次《つぎ》はこれだ」

ピニエ校長《こうちょう》は「点筆《てんぴつ》」と呼《よ》ばれる細《ほそ》い鉄製《てっせい》の棒《ぼう》をルイに持《も》たせました。

「柄《え》の先《さき》に棒《ぼう》があって、先端《せんたん》がとがっているだろ。これで厚紙《あつがみ》をつくと、紙《かみ》の裏側《うらがわ》に点《てん》が浮《う》き上《あ》がる。普通文字《ふつうもじ》を書《か》くのは左《ひだり》から右《みぎ》だね。しかし、これは裏返《うらがえ》して読《よ》むから、右《みぎ》から左《ひだり》に打《う》っていくんだ」

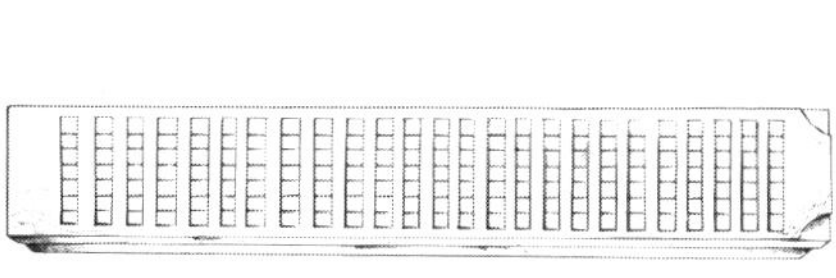

〈バルビエの点字盤《てんじばん》（改良《かいりょう》したもの）〉

ピニエ校長《こうちょう》に教《おし》えられたとおり、ルイはじょうぎを使《つか》って簡単《かんたん》な文章《ぶんしょう》を打《う》ちはじめました。初《はじ》めて打《う》つとは思《おも》えない速《はや》さにピニエ校長《こうちょう》は驚《おどろ》きます。

「すごいぞ、ルイ。では、その紙《かみ》に何《なに》が書《か》いてあるのか、誰《だれ》かに読《よ》んでもらおう。そうだ、ガブリエル、キミが読《よ》みたまえ」

「えっ、オレが読《よ》むんですか？　そんなの無理《むり》ですよ」

「いいから」

ピニエ校長《こうちょう》にせかされ、ガブリエルはしぶしぶ紙《かみ》に指《ゆび》をあて、読《よ》もうとしました。

「ん？　これは何《なん》だっけな？　えーと、うー……」

「もう、いい」

ピニエ校長《こうちょう》はいらだちを隠《かく》さずに、ガブリエルから紙《かみ》を取《と》り上《あ》げました。教《おそ》わったばかりでソノグラフィーをすらすら読《よ》むことのできる生徒《せいと》は、ルイだけだったのです。

いくらソノグラフィーが他《ほか》の方法《ほうほう》よりも画期的《かっきてき》で、すぐれていても、生徒《せいと》たちが自分《じぶん》のものにするには時間《じかん》がかかるというのがわかりました。

（ルイは特別《とくべつ》なんだ。まあ、練習《れんしゅう》をすればそのうちみんなもすらすらと読《よ》めるようになるだろう）

ピニエ校長《こうちょう》はソノグラフィーを盲学校《もうがっこう》の教育《きょういく》に取《と》り入《い》れることを決《き》め、デュフォー副校《ふくこう》長《ちょう》にも伝《つた》えました。

「とりあえず、これまでの浮《う》き出《だ》し文字《もじ》をおぎなう教材《きょうざい》として、このソノグラフィーを使《つか》いたいと思《おも》います。デュフォー先生《せんせい》も賛同《さんどう》していただけますか？」

「もちろんですとも」

デュフォー副校長《ふくこうちょう》がうなずきました。そしてピニエ校長《こうちょう》はバルビエ大尉《たいい》にもソノグラフィーをとりあえず補助教材《ほじょきょうざい》として使《つか》うことを手紙《てがみ》で知《し》らせました。

このように生徒《せいと》のほとんどが興味《きょうみ》を示《しめ》したバルビエ大尉《たいい》のソノグラフィーですが、簡単《かんたん》に文章《ぶんしょう》が読《よ》み書《か》きできるというものではありませんでした。寄宿舎《きしゅくしゃ》のベッドに入《はい》ってからも、ルイはそのことばかり考《かんが》えていました。

「ルイ、まだ起《お》きているの？」

隣《となり》のベッドからガブリエルがささやきました。

「うん、ソノグラフィーは面白《おもしろ》いけど、もっと使《つか》いやすくできると思《おも》うんだ」

「そんなことはピニエ校長《こうちょう》にまかせておけばいいよ。さあ、いいかげんに寝《ね》ろよ」

「ああ」

ルイは次《つぎ》の日《ひ》も、また次《つぎ》の日《ひ》もソノグラフィーをどう使《つか》いやすくするかを考《かんが》えました。

そして、ついにルイはピニエ校長《こうちょう》に提案《ていあん》にいきます。

「ピニエ先生《せんせい》、僕《ぼく》、ソノグラフィーのことで、どうしてもバルビエ大尉《たいい》に会《あ》いたいのです。大尉《たいい》は今度《こんど》いついらっしゃいますか？」

「バルビエ大尉《たいい》が来《こ》られるのは三日後《みっかご》だ。いいだろう、キミにも同席《どうせき》してもらおうじゃないか。なにしろキミはこの学校《がっこう》で一番優秀《いちばんゆうしゅう》な生徒《せいと》だからね」

ソノグラフィーの弱点《じゃくてん》

それから三日後《みっかご》。

ピニエ校長《こうちょう》はちょっとばかり遠慮《えんりょ》したような笑顔《えがお》でバルビエ大尉《たいい》を出迎《でむか》えました。

「あの後《あと》、生徒《せいと》たちに大尉《たいい》のソノグラフィーを試《ため》させました。わかりやすいと大変評判《たいへんひょうばん》が良《よ》かったですよ」

「そうでしょうとも」

バルビエ大尉《たいい》はブスッとして答《こた》えました。ソノグラフィーが〝補助《ほじょ》〟教材《きょうざい》として使《つか》われることが面白《おもしろ》くなかったのでしょう。

「そうそう、大尉《たいい》。じつは、生徒《せいと》を一人紹介《ひとりしょうかい》したいのですが、よろしいでしょうか？」

「ああ」

まるで気《き》のない返事《へんじ》です。

「ルイ、入《はい》りなさい」

ピニエ校長《こうちょう》の合図《あいず》でルイが校長室《こうちょうしつ》に入《はい》ってきました。

「大尉《たいい》、わが盲学校《もうがっこう》で一番優秀《いちばんゆうしゅう》な生徒《せいと》です」

「はじめまして、バルビエ大尉《たいい》。僕《ぼく》はルイ・ブライユと申《もう》します」

ルイは深々《ふかぶか》と頭《あたま》を下《さ》げました。

礼儀正《れいぎただ》しいルイとは対照的《たいしょうてき》にバルビエ大尉《たいい》は無言《むごん》です。まるでルイを無視《むし》するかのようでした。

「ルイ、バルビエ大尉《たいい》にどうしても聞《き》きたいことがあるのだね」

「はい、校長先生《こうちょうせんせい》」

「大尉《たいい》はお忙《いそが》しい方《かた》だ。早《はや》く質問《しつもん》しなさい」

ピニエ校長《こうちょう》にせかされて、ルイは単刀直入《たんとうちょくにゅう》に尋《たず》ねることにしました。

「バルビエ大尉《たいい》のソノグラフィーですが、僕《ぼく》も試《ため》してみました。点《てん》のほうが浮《う》き出《だ》し文字《もじ》よりも指《ゆび》に伝《つた》わりやすいですね。僕《ぼく》たちが本当《ほんとう》に必要《ひつよう》としているのは、大尉《たいい》がつくったソノグラフィーだと思《おも》いました」

「ああ」

バルビエ大尉《たいい》は上《うわ》の空《そら》で聞《き》いていました。

(十歳《じっさい》そこそこの子《こ》どもの話《はなし》に、どうして私《わたし》が真剣《しんけん》に耳《みみ》を傾《かたむ》けなければならないのだ)

そんな態度《たいど》でした。しかし、傲慢《ごうまん》な人間《にんげん》ほど悪口《わるくち》には敏感《びんかん》なようです。

「でもバルビエ大尉《たいい》、ソノグラフィーには問題《もんだい》があります」

このルイの一言《ひとこと》に、バルビエ大尉《たいい》は自分《じぶん》の耳《みみ》を疑《うたが》い、思《おも》わず聞《き》き返《かえ》しました。

「ん、今《いま》、なんて言《い》った？」

「あのー、いくつか問題《もんだい》があると……」

「な、何《なに》が問題《もんだい》なのだ！」

十三歳《じゅうさんさい》の少年《しょうねん》、しかも目《め》の見《み》えない生徒《せいと》にそう指摘《してき》されたのです。バルビエ大尉《たいい》が不愉《ふゆ》快《かい》になったのも当然《とうぜん》かもしれません。

「まず、点《てん》の数《かず》が多《おお》すぎます」

ルイが答《こた》えました。

「点《てん》が多《おお》すぎるだと？」

「ええ、点《てん》が左右《さゆう》に六個《ろっこ》ずつだと、合《あ》わせて十二個《じゅうにこ》です。一本《いっぽん》の指《ゆび》で多《おお》くの点《てん》にさわらなければならないので、覚《おぼ》えるのが大変《たいへん》なんです。書《か》くのにもすごく時間《じかん》がかかります。ですから、大尉《たいい》、もっと点《てん》の数《かず》を減《へ》らすことはできないでしょうか」

「それだけか？」

「いいえ、まだあります」

「なんだね？」

「ソノグラフィーには、フランス語《ご》に欠《か》かせないアクセント記号《きごう》や数字《すうじ》もありません」

「キ、キミは私《わたし》のソノグラフィーにケチをつけるのか！」

バルビエ大尉《たいい》の顔《かお》は怒《いか》りで真《ま》っ赤《か》になりました。

「ケチをつけるなんて、そんな……僕《ぼく》はただ……」

ルイは相手《あいて》の剣幕《けんまく》に驚《おどろ》き、しどろもどろになりました。

「ただ、なんだ！」

「ちょっとだけ変《か》えてみてはどうでしょうか、と……」

「どこを、どう変《か》えろというのだ！」

バルビエ大尉《たいい》は興奮状態《こうふんじょうたい》です。こうなったら、もう開《ひら》き直《なお》るしかありません。

(もうバルビエ大尉《たいい》に叱《しか》られてもいいや。ソノグラフィーを改良《かいりょう》すれば、僕《ぼく》たちみんなが前《まえ》よりもずっと簡単《かんたん》に字《じ》が読《よ》めるようになるんだから)

ルイは気《き》を落《お》ち着《つ》かせようと深呼吸《しんこきゅう》してから、言《い》いました。

「たとえば、ソノグラフィーには音《おん》はありますが、句読点《くとうてん》と数字《すうじ》はないですよね」

「だから、なんだね？」

「句読点《くとうてん》と数字《すうじ》があらわせなかったら、ちゃんとした文章《ぶんしょう》になりません」

「なに、目《め》の見《み》えない者《もの》にちゃんとした文章《ぶんしょう》が必要《ひつよう》だと!?」

バルビエ大尉《たいい》が声《こえ》を荒《あら》らげました。

「それにソノグラフィーにはつづりもありません。つづりが完璧《かんぺき》でないと、正確《せいかく》に文章《ぶんしょう》を書《か》くこともできないじゃないですか。それは目《め》の見《み》える人《ひと》にも言《い》えることです」

「だが、キミ、目《め》の見《み》えない者《もの》につづりなんて教《おし》えてどうする？　簡単《かんたん》な読《よ》み書《か》きができれば、それで十分《じゅうぶん》じゃないか。キミたちは目《め》が見《み》えないことを忘《わす》れないでもらいたい。いくら勉強《べんきょう》しても、小説家《しょうせつか》や学者《がくしゃ》になれるわけではないだろう」

このバルビエ大尉《たいい》の発言《はつげん》に、さすがのルイも反抗《はんこう》したくなりました。

「わかりました。では、大尉《たいい》のソノグラフィーでは目《め》の見《み》えない人《ひと》にまともな教育《きょういく》はできないということになります」

「なんて失礼《しつれい》な！」

バルビエ大尉《たいい》がピニエ校長《こうちょう》を振《ふ》り返《かえ》りました。その目《め》は怒《いか》りで充血《じゅうけつ》しています。

「大尉《たいい》、どうかルイの失礼《しつれい》をお許《ゆる》しください」

ピニエ校長《こうちょう》はなだめました。

「不愉快《ふゆかい》だ。ピニエ校長《こうちょう》、私《わたし》は帰《かえ》る！」

バルビエ大尉《たいい》がプリプリと怒《おこ》って校長室《こうちょうしつ》を出《で》ました。ピニエ校長《こうちょう》はバルビエ大尉《たいい》のあとを追《お》うこともしないで、ルイに向《む》きなおりました。

「ルイ、キミはわが盲学校《もうがっこう》の誇《ほこ》りだよ。でも、ちょっとマズいことになったな」

久《ひさ》しぶりのわが家《や》

一八二一年《ねん》の夏休《なつやす》みがはじまりました。

ルイが盲学校《もうがっこう》に入学《にゅうがく》してから初《はじ》めての里帰《さとがえ》りです。

盲学校《もうがっこう》の校則《こうそく》では、八月末《はちがつまつ》から十一月《じゅういちがつ》のはじめまでが夏休《なつやす》みです。しかし、遠《とお》くから来《き》ている生徒《せいと》が往復《おうふく》すると、多額《たがく》の交通費《こうつうひ》がかかります。そのため、お金持《かねも》ちの家《いえ》の子《こ》どもならともかく、そう簡単《かんたん》に里帰《さとがえ》りはできなかったのです。そんなわけで、せっかくの夏休《なつやす》みでしたが、ほとんどの生徒《せいと》は自宅《じたく》に帰《かえ》らずに蒸《む》し暑《あつ》い寄宿舎《きしゅくしゃ》で過《す》ごしていました。夏休《なつやす》みだけでなく、クリスマスと復活祭《ふっかつさい》の休《やす》みもありましたが、せいぜい一日《いちにち》か二日《ふつか》です。こんなに休《やす》みが短《みじか》くては、自宅《じたく》に帰《かえ》りたくても帰《かえ》れません。つまり、大多数《だいたすう》の生徒《せいと》にとっては、家族《かぞく》と過《す》ごせる休《やす》みはほとんどなかったといってもいいでしょう。

その点《てん》、ルイは恵《めぐ》まれていました。クーヴレ村《むら》はパリからも比較的《ひかくてき》近《ちか》かったので、ルイは夏休《なつやす》みをゆっくりふるさとで過《す》ごすことができたのです。

「ルイ一人《ひとり》では心配《しんぱい》だ。おまえがパリまで迎《むか》えにいきなさい」

父親《ちちおや》に言《い》われた兄《あに》のルイ＝シモンが、盲学校《もうがっこう》までルイを迎《むか》えにきてくれました。ルイは兄《あに》と一緒《いっしょ》に馬車《ばしゃ》で帰《かえ》ることになったのです。

「兄《にい》さん、みんな元気《げんき》？」

「ああ、元気《げんき》さ」

「よかった」

「おまえ、少《すこ》しやせたんじゃないのか？」

兄《あに》とは年《とし》が離《はな》れていたので、馬車《ばしゃ》の中《なか》での会話《かいわ》もぎこちなく、とぎれとぎれになります。

それでもルイは久《ひさ》しぶりに話《はな》すことができて満足《まんぞく》でした。手紙《てがみ》ではやりとりをしていましたが、実際《じっさい》に言葉《ことば》を交《か》わすと嬉《うれ》しくて涙《なみだ》が出《で》そうになりました。

クーヴレ村《むら》に戻《もど》ってきたルイを家族全員《かぞくぜんいん》が笑顔《えがお》で出迎《でむか》えました。みんな久《ひさ》しぶりに見《み》る末《すえ》っ子《こ》の姿《すがた》に大喜《おおよろこ》びです。

「ルイ、心配《しんぱい》していたぞ」

父親《ちちおや》のシモン＝ルネがルイをギュッと抱《だ》きしめました。

「まあ、ルイ、待《ま》っていたわよ。さ、お母《かあ》さんに顔《かお》を見《み》せておくれ」

母親《ははおや》のモニクもルイを抱《だ》き寄《よ》せ、いとおしそうにほおずりします。兄弟姉妹《きょうだいしまい》の中《なか》で一番《いちばん》仲《なか》のいい姉《あね》のカトリーヌも目《め》を細《ほそ》めます。

「ルイ、しばらく会《あ》わないうちにずいぶん大《おお》きくなったわ」

「ああ、姉《ねえ》さんも前《まえ》よりもずっときれいだよ」

「まあ、この子《こ》ったら」

弟《おとうと》の冗談《じょうだん》にカトリーヌはほおを赤《あか》らめました。

「姉《ねえ》さん、ルイは都会《とかい》の人間《にんげん》になったのよ。すっかりお世辞《せじ》がうまくなって」

次女《じじょ》のセリーヌは、弟《おとうと》の成長《せいちょう》ぶりが面白《おもしろ》くなかったのでしょうか、不満《ふまん》そうな顔《かお》をしています。約二年《やくにねん》ぶりのふるさとは、ルイを失明《しつめい》する前《まえ》の幼《おさな》いころに戻《もど》してくれました。なにしろ生《う》まれ育《そだ》った環境《かんきょう》です。焼《や》いた木《き》や馬《うま》のニオイがルイの記憶《きおく》を呼《よ》びさましました。

(うわー、懐《なつ》かしいニオイだ)

懐《なつ》かしいニオイとは父親《ちちおや》の仕事場《しごとば》から漏《も》れてくる革《かわ》のニオイです。ルイにとって、このニオイこそ自宅《じたく》のニオイでした。仕事場《しごとば》での事故《じこ》で失明《しつめい》したという苦《にが》い記憶《きおく》があったとしても、懐《なつ》かしさのほうが勝《まさ》っていたのです。

帰《かえ》ってきて数日《すうじつ》は、近《ちか》くの野山《のやま》を散歩《さんぽ》したり、幼馴《おさなな》じみやパリュイ神父《しんぷ》と再会《さいかい》したり、盲学校《もうがっこう》でのことは忘《わす》れようとつとめました。しかし、一週間《いっしゅうかん》もすると、ルイの頭《あたま》にバルビエ大尉《たいい》のソノグラフィーのことが浮《う》かび、それぱかり考《かんが》えるようになりました。

カトリーヌと散歩《さんぽ》していても、家族《かぞく》と食卓《しょくたく》を囲《かこ》んでいても、上《うわ》の空《そら》でした。そしてベッドに入《はい》っても、なかなか眠《ねむ》ることはできません。そして夢《ゆめ》の中《なか》でも、ソノグラフィーを改《かい》良《りょう》するために孤軍奮闘《こぐんふんとう》する自分《じぶん》がいました。

「ルイ、今日《きょう》はどこに行《い》く？」

いつものようにカトリーヌがルイを散歩《さんぽ》に誘《さそ》いました。

「悪《わる》いけど、今日《きょう》はやめておくよ、姉《ねえ》さん」

「いったいどうしたのよ？」

「どうしても調《しら》べたいことがあるんだ」

「……そう。ならいいわ」

カトリーヌはそれ以上尋《いじょうたず》ねませんでした。その「調《しら》べもの」がここ最近《さいきん》のルイの心《こころ》を占《し》めていることに気《き》づいていたからです。

その日《ひ》からルイは食事以外《しょくじいがい》、ほとんど自分《じぶん》の部屋《へや》に閉《と》じこもります。盲学校《もうがっこう》から持《も》ってきた点筆《てんぴつ》（先《さき》がとがっている鉄《てつ》の筆《ふで》）を手《て》にしっかりにぎりしめ、紙《かみ》にポツンポツンと点《てん》を打《う》つルイの姿《すがた》を、家族《かぞく》は見守《みまも》るしかありませんでした。

「うー、これもダメだ。あー、やっぱりちがう」

ルイはため息《いき》をつきながら、こんどは別《べつ》のところに点筆《てんぴつ》を打《う》ち直《なお》しました。額《ひたい》からは大粒《おおつぶ》の汗《あせ》がしたたり落《お》ちています。しかし、

「うーん、これもダメだな」

とルイの口《くち》からはため息《いき》が……。そんなくり返《かえ》しが、もう何日《なんにち》もつづいていました。

「ルイ、母《かあ》さんが心配《しんぱい》しているぞ。少《すこ》しは手《て》を休《やす》めないか」

そう忠告《ちゅうこく》するシモン＝ルネに、ルイはいつも決《き》まって言《い》いました。

「父《とう》さん、あともう少《すこ》しなんだ」

「そうか、無理《むり》するんじゃないぞ」

「わかったよ、父《とう》さん」

その後《ご》も家《いえ》の近《ちか》くの丘《おか》に座《すわ》って紙《かみ》にポツポツと点《てん》をつけているルイの姿《すがた》を、近所《きんじょ》の人《ひと》たちが目撃《もくげき》しています。

盲学校《もうがっこう》に戻《もど》っても、食事《しょくじ》も寝《ね》る時間《じかん》も惜《お》しんで、ルイはソノグラフィーの改良《かいりょう》に全力《ぜんりょく》をそそぎました。その努力《どりょく》が形《かたち》となってあらわれるまで、さらに月日《つきひ》がかかることになりま

す。

十五歳《じゅうごさい》の発明《はつめい》

「わーい、やったぞ!」

ルイが盲学校《もうがっこう》に来《き》てから五年《ごねん》が経《た》ったときのことです。ルイが、突然《とつぜん》、叫《さけ》び声《ごえ》をあげ、両手《りょうて》を天井《てんじょう》に突《つ》き出《だ》しました。

「ルイ、どうしたんだ」

隣《となり》のベッドに横《よこ》たわっていたガブリエルが驚《おどろ》いて身《み》を起《お》こします。

夕食《ゆうしょく》の後《あと》、ルイはいつものように寄宿舎《きしゅくしゃ》のベッドに腰《こし》かけ、「ソノグラフィーの改良《かいりょう》」に集中《しゅうちゅう》していました。ベッドのそばには、紙《かみ》はもちろん、点筆《てんぴつ》やじょうぎといった作業道《さぎょうどう》具《ぐ》が全部《ぜんぶ》そろえてあります。

「ガブリエル、僕《ぼく》、やったよ」

「完成《かんせい》したんだな」

「うん、まだ完全《かんぜん》じゃないけど、だいたい」

もうルイは落《お》ち着《つ》きを取《と》り戻《もど》していました。

「オレにも教《おし》えてよ」

ルイはガブリエルに説明《せつめい》しはじめました。

「バルビエ大尉《たいい》は音《おん》を点《てん》と線《せん》であらわしたよね。でも、アルファベットを一《ひと》つひとつあらわすことができなかった。それに句読点《くとうてん》もなかった。そこがソノグラフィーの欠点《けってん》だったよね」

「で、キミがそれを直《なお》したのか？」

「ああ、少《すこ》しばかりね」

「ルイ、そんなに謙遜《けんそん》しなくていいよ」

「だったら正直《しょうじき》に言《い》わせてもらう。全面的《ぜんめんてき》に直《なお》した。いや、そうじゃない。バルビエ大尉《たいい》のソノグラフィーとはまったく別《べつ》の文字《もじ》をつくったと言《い》ったほうがいいかな」

「さすが、ルイだ。で、どんな文字《もじ》なんだい」

「ちょっとこっちに来《き》てよ」

「わかった」

ガブリエルがベッドから離《はな》れ、ルイの隣《となり》に座《すわ》りました。

「手《て》はどこだい？　あっ、これだ」

ルイはガブリエルの右手《みぎて》をとり、その指《ゆび》をゆっくりと点《てん》が打《う》たれた紙《かみ》にあてました。

「何《なに》か感《かん》じるかい？」

「うーん、上《うえ》の角《かど》に点《てん》がある」

「そうだよ、ガブリエル。それがA《ア》をあらわしているんだ」

「点《てん》が一《ひと》つでA《ア》なのか」

「さ、次《つぎ》にいくよ」

ルイはガブリエルの指《ゆび》を少《すこ》し右《みぎ》にずらしました。

「今度《こんど》はどうだい？」

「うーん、点《てん》が縦《たて》に二《ふた》つだけある」

「それがB《べ》だ」

「へえー」

「で、次《つぎ》は…と」

「C《せ》だろ」

「正解《せいかい》。点《てん》が横《よこ》に二《ふた》つある」

「ルイ、これ簡単《かんたん》でいいよ。覚《おぼ》えやすいじゃないか」

「アルファベットの文字《もじ》は、みんな突起《とっき》した点《てん》の異《こと》なった組《く》み合《あ》わせであらわすことができる。それもたった六《むっ》つの点《てん》で。マスの横《よこ》に二《ふた》つの点《てん》、縦《たて》に三《みっ》つの点《てん》を配置《はいち》する。それを点字記号《てんじきごう》の基本単位《きほんたんい》にしたんだ」

「バルビエ大尉《たいい》のソノグラフィーは一《ひと》つのマスに点《てん》が十二《じゅうに》個《こ》もある。だから、読《よ》むのに苦労《くろう》するんだよな」

「僕《ぼく》のはその半分《はんぶん》だ。点《てん》が少《すく》ないから、たった一本《いっぽん》の指《ゆび》でどのアルファベットかすぐにわかる。読《よ》むのがずいぶん楽《らく》になったよ」

「数字《すうじ》もわかるの？」

「もちろん。それもたった六《むっ》つの点《てん》であらわすことができる」

「ルイ、すごい発明《はつめい》じゃないか。素晴《すば》らしいよ。キミはオレたちのアルファベットをついに発明《はつめい》したんだぞ。キミは英雄《えいゆう》だ！」

興奮《こうふん》さめやらぬガブリエルに、ルイは友情《ゆうじょう》をひしひしと感《かん》じました。

六点《ろくてん》の奇跡《きせき》

ガブリエルが言《い》うように、実際《じっさい》、それは「すごい発明《はつめい》」でした。

横二《よこふた》つ、縦三《たてみっ》つ。

合《あ》わせて六《むっ》つの点《てん》を一《ひと》つのマスの中《なか》で組《く》み合《あ》わせると、なんと六十三通《ろくじゅうさんとお》りもの配列《はいれつ》ができるのです。つまり、アルファベットはもちろん、フランス語《ご》に欠《か》かせないアクセント記号《きごう》、数字《すうじ》、そして句読点《くとうてん》をすべてあらわすことができました（のちにさらなる改良《かいりょう》あり）。

ルイは友人《ゆうじん》たちに試《ため》してから、ピニエ校長《こうちょう》にもその成果《せいか》を見《み》てもらうことにします。ピニエ校長《こうちょう》が教室《きょうしつ》に入《はい》ってくるのを、ルイは紙《かみ》と点筆《てんぴつ》、そしてじょうぎを机《つくえ》の上《うえ》に置《お》いて待《ま》っていました。

「ルイ、今日《きょう》は私《わたし》に素晴《すば》らしいものを見《み》せてくれるんだって？」

ルイの発明《はつめい》を他《ほか》の生徒《せいと》たちから聞《き》いていたのか、すでにピニエ校長《こうちょう》は上機嫌《じょうきげん》です。

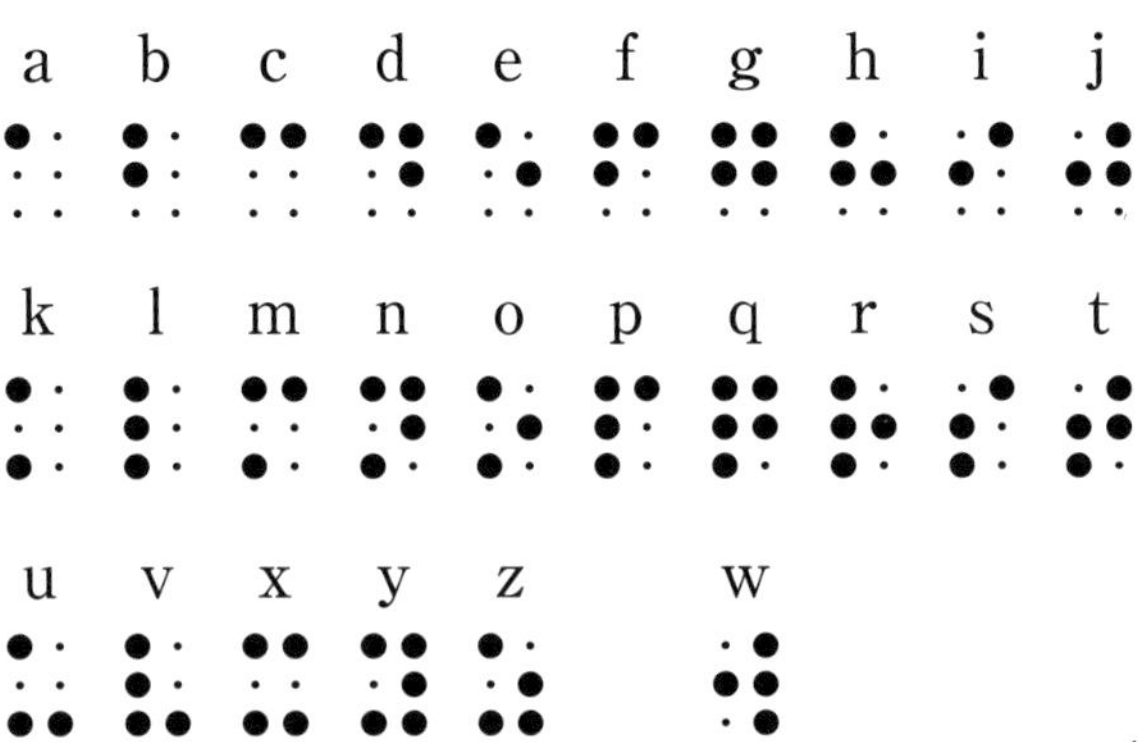

〈ブライユの六点点字《ろくてんてんじ》〉

「はい、早《はや》く校長《こうちょう》に見《み》せたくて」

ルイは自信《じしん》たっぷりに言《い》いました。

「みんなから話《はなし》は聞《き》いている。私《わたし》も楽《たの》しみにしていたよ」

「ありがとうございます。では、校長《こうちょう》、なんでもいいですから文章《ぶんしょう》を読《よ》み上《あ》げてもらえますか？」

「ああ、いいよ。じゃあ、聖書《せいしょ》にしようか」

ピニエ校長《こうちょう》が聖書《せいしょ》の一節《いっせつ》をゆっくりと読《よ》み上《あ》げはじめました。ルイは紙《かみ》の上《うえ》に点字盤《てんじばん》、つまり点字《てんじ》を打《う》つためのじょうぎを載《の》せ、点筆《てんぴつ》ですぐに点字《てんじ》にしていきます。しばらくすると、ルイが手《て》を止《と》めました。

「校長《こうちょう》、もっと早《はや》く読《よ》み上《あ》げてくださっても大丈夫《だいじょうぶ》ですよ」

「えっ、もっと早《はや》くだって？　ルイ、大丈夫《だいじょうぶ》かね？」

ピニエ校長《こうちょう》は心配《しんぱい》そうにルイの顔《かお》を見《み》ました。しかしルイは、

「ええ、大丈夫《だいじょうぶ》です」

と余裕《よゆう》の表情《ひょうじょう》です。

ピニエ校長《こうちょう》は、今度《こんど》はいつも読《よ》むのと同《おな》じくらいの速《はや》さで聖書《せいしょ》を読《よ》みすすめました。

ルイの手《て》の動《うご》きも、それに合《あ》わせて目《め》にも止《と》まらぬ速《はや》さになります。すぐに一枚目《いちまいめ》の紙《かみ》がいっぱいになりました。

「では、ここまでの分《ぶん》を読《よ》み上《あ》げます。もし間《ま》ちがいがあれば、言《い》ってください」

ルイは自分《じぶん》で打《う》った点字《てんじ》を指《ゆび》でひろいはじめました。それとほぼ同時《どうじ》に、さきほど読《よ》み上《あ》げていた聖書《せいしょ》の一節《いっせつ》が、そっくりそのままルイの口《くち》からすらすらと流《なが》れるように聞《き》こえてきたのです。

(なんと、これはすごいぞ。全部《ぜんぶ》合《あ》っているじゃないか)

ピニエ校長《こうちょう》は驚《おどろ》きのあまり聖書《せいしょ》を落《お》としそうになりました。

「ルイ、やったじゃないか！　いやあ、ここまでよく頑張《がんば》ったよ」

ピニエ校長《こうちょう》がルイの肩《かた》をたたきました。

「いいえ、けっして僕《ぼく》だけの力《ちから》ではありません。僕《ぼく》はバルビエ大尉《たいい》から大《おお》きなヒントをいただきました。これも、バルビエ大尉《たいい》のおかげです」

「それにしても、よくやった」

ピニエ校長《こうちょう》はルイの肩《かた》を力強《ちからづよ》く抱《だ》きしめました。

（ルイの点字《てんじ》は、これまでのどの視覚障害者用文字《しかくしょうがいしゃようもじ》よりも使《つか》いやすい。バルビエ大尉《たいい》のソノグラフィーからヒントを得《え》たようだが、まったくの別物《べつもの》と言《い》っていいくらいだ）

そう感《かん》じたピニエ校長《こうちょう》は、ルイの点字《てんじ》をもっと使《つか》いやすくするために、さっそく行動《こうどう》に移《うつ》しました。バルビエ大尉《たいい》が置《お》いていった十二点《じゅうにてん》式《しき》の点字盤《てんじばん》をルイの六点式《ろくてんしき》に合《あ》うように改良《かいりょう》したのです。

盲学校《もうがっこう》の空気《くうき》は一変《いっぺん》しました。

ルイの「六点点字《ろくてんてんじ》」のおかげで、生徒《せいと》たちは教師《きょうし》の授業《じゅぎょう》をノートにとったり、生徒同士《せいとどうし》で手紙《てがみ》をやりとりしたりすることもできるようになりました。もちろん、自分《じぶん》の好《す》きな詩《し》を書《か》いたり、物語《ものがたり》をつくったりすることも……。これまで目《め》の見《み》える生徒《せいと》にしかできなか

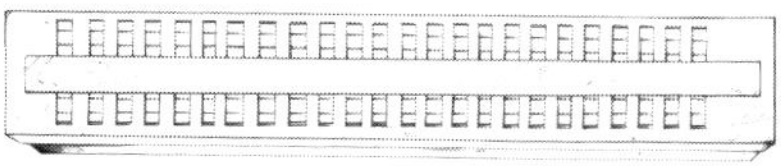
〈六点点字用《ろくてんてんじよう》に改良《かいりょう》された点字盤《てんじばん》〉

ったことが、盲学校《もうがっこう》の生徒《せいと》たちも可能《かのう》になったのです。

ブライユの伝記作家《でんきさっか》であるピエール・アンリは、こう記《しる》しています。

「バルビエには目《め》があったが、ブライユには指《ゆび》しかなかった」

つまり、見《み》えなかったからこそ指《ゆび》で読《よ》みやすい「六点一《ろくてんいち》マス」の体系《たいけい》をつくり上《あ》げることができたというわけです。アンリはこうも言《い》っています。

「縦《たて》か横《よこ》に一点《いってん》でも多《おお》かったら、点字《てんじ》はきわめて読《よ》みにくいものになっていただろう」

ほんの少《すこ》しのことで、ルイの点字《てんじ》は視覚障害者《しかくしょうがいしゃ》たちに希望《きぼう》を与《あた》えたのです。

しかし、そこに到達《とうたつ》するまでのルイの苦労《くろう》は、並大抵《なみたいてい》ではありませんでした。今《いま》でこそ世界中《せかいじゅう》で当《あ》たり前《まえ》のように使《つか》われている点字《てんじ》ですが、こんなに素晴《すば》らしい発明《はつめい》をしたのが十五歳《じゅうごさい》の少年《しょうねん》だと知《し》っている人《ひと》はかなり少《すく》ないでしょう。

しかし、この「六点点字《ろくてんてんじ》」がすぐさま盲学校《もうがっこう》に受《う》け入《い》れられたかというと、けっしてそうではありません。ルイ自身《じしん》も認《みと》めていたように、この点字《てんじ》には、まだまだ改良《かいりょう》すべきところがありました。

また、実《じつ》のところピニエ校長《こうちょう》は当時《とうじ》、ルイの点字《てんじ》を優先的《ゆうせんてき》に使《つか》うことをためらっていました。その理由《りゆう》は、デュフォー副校長《ふくこうちょう》をはじめ、教師《きょうし》の多《おお》くが点字《てんじ》の採用《さいよう》にはげしく反対《はんたい》していたからです。

「目《め》の見《み》えない教師《きょうし》が生徒《せいと》を教《おし》えるようになったら、目《め》の見《み》える私《わたし》たちは職《しょく》を失《うしな》う」

「浮《う》き出《だ》し文字《もじ》なら私《わたし》たち教師《きょうし》も読《よ》めるが、点字《てんじ》は読《よ》めないし、書《か》けない。だから、生徒《せいと》に教《おし》えることもできないではないか」

「目《め》の見《み》えない人《ひと》のための特別《とくべつ》な文字《もじ》を認《みと》めると、目《め》の見《み》えない人《ひと》と見《み》える人《ひと》との間《あいだ》に大《おお》きな壁《かべ》をつくってしまう」

そんな声《こえ》が教師《きょうし》の間《あいだ》から聞《き》こえてきました。とくにゼリー・カルデヤックら音楽教師《おんがくきょうし》も猛反対《もうはんたい》していました。

「ルイの点字《てんじ》では、生徒《せいと》たちが楽譜《がくふ》を読《よ》むことも書《か》くこともできない。だから、音楽教育《おんがくきょういく》にはまったく不向《ふむ》きだ」

波風《なみかぜ》が立《た》つことを何《なに》よりも嫌《きら》うピニエ校長《こうちょう》のことです。残念《ざんねん》ながら反対《はんたい》する教師《きょうし》たちを押《お》し切《き》ってまで、ルイの点字《てんじ》を採用《さいよう》するつもりはありませんでした。
(仕方《しかた》がないさ。みんなに認《みと》められるような点字《てんじ》をつくるしかない)
そう心《こころ》に決《き》めるルイでした。

それから二年後《にねんご》の一八二六年《ねん》、十七歳《じゅうななさい》になったルイは年少《ねんしょう》の生徒《せいと》たちに「算数《さんすう》」「文法《ぶんぽう》」「地理《ちり》」の三教科《さんきょうか》を教《おし》えることになりました。
教《おし》え方《かた》も上手《じょうず》なことから、生徒《せいと》たちの評判《ひょうばん》も良《よ》かったようです。フランス語文法《ごぶんぽう》の教科書《きょうかしょ》の一部《いちぶ》をルイが六点点字《ろくてんてんじ》に点訳《てんやく》したのは、その翌年《よくとし》のことでした。

さらなる改良《かいりょう》

一八二八年八月《ねんはちがつ》、ルイは十九歳《じゅうきゅうさい》で盲学校《もうがっこう》の「復習教師《ふくしゅうきょうし》」として採用《さいよう》されました。

復習教師《ふくしゅうきょうし》とは、正規《せいき》の教師《きょうし》が生徒《せいと》に教《おし》えたことを、くり返《かえ》して生徒《せいと》に聞《き》かせるのが仕事《しごと》です。助教師《じょきょうし》と思《おも》ってください。

ルイが担当《たんとう》したのは、「文法《ぶんぽう》」「地理《ちり》」「算数《さんすう》」、そして「音楽《おんがく》」でした。このときルイにとって心強《こころづよ》かったことがありました。二人《ふたり》の友人《ゆうじん》、ガブリエル・ゴーティエとイポリット・コルタもそろって復習教師《ふくしゅうきょうし》になったことです。

ただ、復習教師《ふくしゅうきょうし》の待遇《たいぐう》はあまり良《よ》くありませんでした。寮《りょう》で個室《こしつ》が与《あた》えられたものの、食事《しょくじ》は生徒《せいと》と一緒《いっしょ》で、手紙《てがみ》の内容《ないよう》も校長《こうちょう》にきびしくチェックされます。来客《らいきゃく》も許可《きょか》が必要《ひつよう》で、面会《めんかい》は談話室《だんわしつ》にかぎられていました。それも監視《かんし》つきです。規則《きそく》を破《やぶ》ると、生徒《せいと》と同《おな》じ罰則《ばっそく》が待《ま》っていました。

「なんなんだよ。これじゃあ生徒《せいと》とほとんど同《おな》じあつかいじゃないか」

イポリットの不満《ふまん》は爆発寸前《ばくはつすんぜん》です。ガブリエルもイポリット以上《いじょう》に怒《おこ》っていました。

「家族《かぞく》が会《あ》いにきたって、面会《めんかい》するにはいちいち許可《きょか》が必要《ひつよう》なんだってさ。しかも、談話《だんわ》室《しっ》でしか会《あ》えないし、監視《かんし》までついてる。まるで刑務所《けいむしょ》じゃないか。もうオレ、頭《あたま》にきちやうよ」

そんな二人《ふたり》をルイはなだめるしかありません。

「まあまあ、ガブリエルもイポリットも、そんなに怒《おこ》らないで。もし日曜日《にちようび》のミサに出《で》れば、個人的《こじんてき》に外出《がいしゅつ》もできるんだよ。それに僕《ぼく》たち、校長先生《こうちょうせんせい》からお小遣《こづか》いがもらえるんだから、ちょっとはありがたく思《おも》わないと」

「けど、そのお小遣《こづか》いって、いくらか決《き》まってないよね」

ガブリエルはほとんど期待《きたい》していません。イポリットも同《おな》じです。

「校長先生《こうちょうせんせい》の気分次第《きぶんしだい》だ。機嫌《きげん》が悪《わる》いと、ゼロってこともある」

「イポリット、それはないと思《おも》うよ」

ルイが言《い》ったように、さすがにゼロという月《つき》はありませんでしたが、実際《じっさい》に彼《かれ》らがピエ校長《こうちょう》からもらったお小遣《こづか》いは、満足《まんぞく》のいく額《がく》ではありませんでした。

それでもルイは幸《しあわ》せな気分《きぶん》です。生徒《せいと》たちを教《おし》えることに喜《よろこ》びを感《かん》じていたのです。報《ほう》酬《しゅう》に文句《もんく》を言《い》っていたガブリエルとイポリットも、だんだんと後輩《こうはい》たちを教《おし》えることに生《い》きがいすら感《かん》じはじめていました。

ルイは授業《じゅぎょう》の合間《あいま》をぬって、点字《てんじ》の改良《かいりょう》にはげみます。

その一方《いっぽう》でオルガンの演奏《えんそう》という趣味《しゅみ》もおろそかにしませんでした。そして趣味《しゅみ》こそ発明《はつめい》の大《おお》きな原動力《げんどうりょく》になることをルイが証明《しょうめい》しました。ついに楽譜《がくふ》を点字《てんじ》であらわす方法《ほうほう》を考《かんが》え出《だ》したのです。

翌《よく》一八二九年《ねん》、ルイが二十歳《はたち》になったばかりのとき、ルイの点字《てんじ》がようやく日《ひ》の目《め》を見《み》ようとしていました。

ルイが最初《さいしょ》の本《ほん》を盲学校《もうがっこう》から出版《しゅっぱん》したのです。タイトルは『点《てん》を使《つか》って、言葉《ことば》、楽譜《がくふ》、簡単《かんたん》な歌《うた》を書《か》く方法《ほうほう》——盲人《もうじん》のために作《つく》られた盲人《もうじん》が使《つか》う本《ほん》』という長《なが》いものでした。文字《もじ》どおり、目《め》の見《み》えない人《ひと》のためにつくられた文字《もじ》を紹介《しょうかい》した本《ほん》です。

この本《ほん》は、ピニエ校長《こうちょう》の協力《きょうりょく》なくして完成《かんせい》しませんでした。なぜならルイが話《はな》したことをピニエ校長《こうちょう》が書《か》きうつしたからです。二人《ふたり》の親密《しんみつ》な関係《かんけい》がよくわかるでしょう。

しかし、三十二《さんじゅうに》ページのこの本《ほん》は、ルイが考案《こうあん》した六点点字《ろくてんてんじ》だけを使《つか》った本《ほん》ではありません。歌《うた》の楽譜《がくふ》の部分《ぶぶん》だけが六点点字《ろくてんてんじ》で表記《ひょうき》され、歌詞《かし》の部分《ぶぶん》は浮《う》き出《だ》し文字《もじ》でした。

ルイが現在《げんざい》のような点字楽譜《てんじがくふ》の基礎《きそ》となる音楽記号《おんがくきごう》を完成《かんせい》させるまでには、それから五《ご》年《ねん》の歳月《さいげつ》がかかることになります。

この本《ほん》の中《なか》で、ルイはバルビエ大尉《たいい》の十二点点字《じゅうにてんてんじ》よりも自分《じぶん》が発明《はつめい》した六点点字《ろくてんてんじ》のほうが使《つか》いやすいことに触《ふ》れています。しかし、バルビエ大尉《たいい》への感謝《かんしゃ》の気持《きも》ちも忘《わす》れていません。その本《ほん》には、こう記《しる》されていました。

「発明者《はつめいしゃ》（バルビエ大尉《たいい》）の名誉《めいよ》のために言《い》わなくてはならないが、著者《ちょしゃ》（ルイ）は彼《かれ》（バルビエ大尉《たいい》）の方法《ほうほう》から最初《さいしょ》のアイデアを得《え》たのである」

この出版《しゅっぱん》をルイが真《ま》っ先《さき》に知《し》らせたかった相手《あいて》は、盲学校入学《もうがっこうにゅうがく》に力《ちから》を尽《つ》くしてくれた父《ちち》親《おや》のシモン＝ルネでした。

（父《とう》さん、僕《ぼく》、とうとう本《ほん》を出版《しゅっぱん》したんだよ。すごいでしょ）

心《こころ》の中《なか》で父親《ちちおや》に叫《さけ》ぶルイです。いつも気《き》にかけてくれていた父親《ちちおや》の思《おも》いに報《むく》いることができた、そんな気持《きも》ちだったのかもしれません。

もちろん、点字《てんじ》は盲学校《もうがっこう》の生徒《せいと》たちにも好評《こうひょう》でした。しかし、ルイが本《ほん》を出《だ》した後《あと》も、盲学校《もうがっこう》ではアユイの浮《う》き出《だ》し文字《もじ》を中心《ちゅうしん》にした授業《じゅぎょう》がつづくことになります。

父親《ちちおや》の死《し》

一八三一年《ねん》五月《ごがつ》、かねてより病床《びょうしょう》に伏《ふ》していたルイの父親《ちちおや》、シモン＝ルネの容体《ようだい》が悪化《あっか》します。

大好《だいす》きなワインを飲《の》もうとしなくなり、尿《にょう》も出《で》なくなりました。ひんぱんに苦《くる》しそうなうめき声《ごえ》をあげています。

「ルイ、ルイ。あー、私《わたし》のいとしい息子《むすこ》よ。私《わたし》はおまえのことが心配《しんぱい》で、心配《しんぱい》……」

そんなうわごとをベッドの上《うえ》でくり返《かえ》していました。

シモン＝ルネの病状《びょうじょう》を心配《しんぱい》していたピニエ校長《こうちょう》は、長男《ちょうなん》のルイ＝シモンに様子《ようす》をうかがう手紙《てがみ》を出《だ》しています。その手紙《てがみ》を読《よ》んだルイ＝シモンがピニエ校長《こうちょう》にこんな返事《へんじ》を書《か》きました。

「（前略《ぜんりゃく》）先生《せんせい》（ピニエ校長《こうちょう》）が弟《おとうと》（ルイ）の面倒《めんどう》を手厚《てあつ》くみてくださっていることを、父《ちち》（シモン＝ルネ）は心《こころ》から感謝《かんしゃ》しています。父《ちち》は、先生《せんせい》と妹《いもうと》さんが弟《おとうと》を見捨《みす》てはしないことを信《しん》じています。この思《おも》いによって、心《こころ》の平安《へいあん》を保《たも》っているのです。父《ちち》、母《はは》、兄弟《きょうだい》、そして妹《いもうと》からの敬愛《けいあい》の気持《きも》ちをどうぞお受《う》け取《と》りください」

ピニエ校長《こうちょう》は、盲学校《もうがっこう》の生徒《せいと》たちを自分《じぶん》の子《こ》どもたちと同《おな》じように大切《たいせつ》に思《おも》っていました。同居《どうきょ》していた妹《いもうと》も盲学校《もうがっこう》で復習教師《ふくしゅうきょうし》の手助《てだす》けをしており、ルイのことをとくに気《き》にかけていたようです。

この手紙《てがみ》が書《か》かれた翌日《よくじつ》、シモン＝ルネは家族《かぞく》に看取《みと》られながら息《いき》を引《ひ》き取《と》ります。六《ろく》十六歳《じゅうろくさい》でした。兄《あに》のルイ＝シモンはパリまで出《で》かけ、この悲《かな》しい知《し》らせをルイに直接《ちょくせつ》伝《つた》えます。

（父《とう》さん、僕《ぼく》、もっともっと父《とう》さんと話《はなし》をしたかったのに、どうしてそんなに早《はや》く死《し》んでしまったの！）

深《ふか》い悲《かな》しみに暮《く》れたルイは数日間《すうじつかん》、誰《だれ》とも話《はなし》をしようとはしませんでした。

この年《とし》、ルイは咳込《せきこ》むことが多《おお》くなります。医師《いし》でもあるピニエ校長《こうちょう》もルイの体調《たいちょう》があまり良《よ》くないことに気《き》づきはじめていました。

（ひょっとしたら結核《けっかく》かも）

そんな思《おも》いがピニエ校長《こうちょう》の頭《あたま》をよぎります。

当時《とうじ》、結核《けっかく》は「不治《ふじ》の病《やまい》」と言《い》われていました。治療方法《ちりょうほうほう》もわかっていません。つまり、「結核《けっかく》＝死《し》」を意味《いみ》していたのです。そのため、ピニエ校長《こうちょう》はルイの負担《ふたん》を少《すこ》しでも軽《かる》くしようと、ルイが受《う》け持《も》つ授業《じゅぎょう》の数《かず》を減《へ》らしました。さらに、夏休《なつやす》みくらいはルイにできるだけ空気《くうき》のよい環境《かんきょう》で過《す》ごしてもらいたいとも思《おも》っていました。

「ルイ、もうすぐ夏休《なつやす》みだが、今年《ことし》は自宅《じたく》でゆっくりしたらどうかね」

「いいえ、寄宿舎《きしゅくしゃ》に残《のこ》って点字《てんじ》の研究《けんきゅう》をしますよ」

「いや、お父《とう》さんも亡《な》くなって、お母《かあ》さんは心細《こころぼそ》い思《おも》いをしているだろう。お母《かあ》さんのためにも帰《かえ》ってあげなさい。これは命令《めいれい》です！」

校長先生《こうちょうせんせい》にそこまで強《つよ》く言《い》われたら、断《ことわ》るわけにはいきません。ルイは夏休《なつやす》みをクーヴレの自宅《じたく》で過《す》ごすことにしました。

クーヴレにいると、すぐに父親《ちちおや》のことを思《おも》い出《だ》します。まるで今《いま》でも父親《ちちおや》が生《い》きているような気《き》がしてなりません。そのことを母親《ははおや》に話《はな》すと、彼女《かのじょ》は遠《とお》くを見《み》つめるようなまなざしになりました。

「そうだよ、ルイ。父《とう》さんはおまえのことばかり心配《しんぱい》していたからね。今《いま》でもおまえを見《み》守《まも》っているにちがいないんだから」

その翌年《よくとし》、ルイはクーヴレのあるモー地方《ちほう》の聖《せい》テティエンヌ大聖堂《だいせいどう》にオルガン奏者《そうしゃ》として就職《しゅうしょく》することを考《かんが》えました。ひとりになった母親《ははおや》のことが心配《しんぱい》だったからです。

もともと音楽《おんがく》に興味《きょうみ》を持《も》っていたルイはさまざまな楽器《がっき》の演奏《えんそう》に挑戦《ちょうせん》してきました。盲《もう》学校《がっこう》に入学《にゅうがく》して五年目《ごねんめ》には、チェロの独奏《どくそう》で最優秀賞《さいゆうしゅうしょう》をもらっていますが、オルガンの演《えん》奏《そう》テクニックは、まさにプロ並《な》みと言《い》ってもいいほどでした。それに、聖《せい》テティエンヌ大《だい》聖堂《せいどう》に常勤《じょうきん》のオルガン奏者《そうしゃ》として勤務《きんむ》すれば、母親《ははおや》のモニクにもすぐに会《あ》いにいけます。

しかし、ルイが考《かんが》えていた以上《いじょう》に給料《きゅうりょう》が安《やす》かったので断《ことわ》るしかありませんでした。

正教師《せいきょうし》になって

「ルイ、キミにいい知《し》らせがある」

ある日《ひ》、ピニエ校長《こうちょう》が珍《めずら》しく明《あか》るい口調《くちょう》でルイに声《こえ》をかけました。

「ピニエ先生《せんせい》、いい知《し》らせとはなんでしょうか？」

「やっとキミたち三人《さんにん》に給料《きゅうりょう》が出《で》ることになったよ。年《ねん》に三百《※さんびゃく》フランだ」

「えーっ、月《つき》に二十五《にじゅうご》フランもですか！」

「ガブリエルとイポリットも喜《よろこ》ぶでしょう」

「もっといい知《し》らせがある」

「えっ、まだあるんですか？」

驚《おどろ》くルイにピニエ校長《こうちょう》がもったいぶった口調《くちょう》で話《はな》しはじめました。

「キミたちは今日《きょう》から復習教師《ふくしゅうきょうし》ではない。復習教師《ふくしゅうきょうし》はもう卒業《そつぎょう》だ。そう、正教師《せいきょうし》になったんだ。これからも頑張《がんば》ってくれたまえ」

「ええ、もちろんですとも！」

ルイが自分《じぶん》でも驚《おどろ》くほどの明《あか》るい声《こえ》でした。それも無理《むり》はありません。ルイはずっと「正教師《せいきょうし》」になることを待《ま》ち望《のぞ》んでいたからです。

※現在《げんざい》の日本円《にほんえん》で約《やく》50万円《まんえん》。

もちろん、毎月給料《まいつききゅうりょう》が出《で》ることも嬉《うれ》しかったのですが、ルイは制服《せいふく》の変化《へんか》にも感激《かんげき》しました。上着《うわぎ》の両襟《りょうえり》に教師《きょうし》の証《あかし》である造花《ぞうか》か金箔《きんぱく》のシュロの葉《は》を飾《かざ》る特権《とっけん》が与《あた》えられたのです。シモン＝ルネの死《し》から二《に》年経《ねんた》った一八三三年《ねん》、ルイが二十四歳《にじゅうよんさい》のときでした。

〈シュロの葉《は》〉

ところで、正教師時代《せいきょうしじだい》のルイにはあだ名《な》がありました。それは「監察官《かんさつかん》」です。どうしてそんなあだ名《な》がつけられたのでしょうか。

当時《とうじ》のフランス社会《しゃかい》では、教師《きょうし》が規則違反《きそくいはん》の生徒《せいと》のお尻《しり》を叩《たた》いたりする体罰《たいばつ》は、けっして珍《めずら》しいことではなく、ごくごく普通《ふつう》のことです。ルイも例外《れいがい》ではありません。それどころか、他《ほか》の教師《きょうし》が体罰《たいばつ》をためらっているときでも、ニッコリと微笑《ほほえ》みながら他《ほか》の先生《せんせい》に代《か》わって「愛《あい》のムチ」を実行《じっこう》する教師《きょうし》でした。

ルールを破《やぶ》る生徒《せいと》にはきびしいことから、生徒《せいと》はルイを「監察官《かんさつかん》」というあだ名《な》で呼《よ》んでいたのです。

ルイと一緒《いっしょ》に正教師《せいきょうし》に昇格《しょうかく》したイポリット・コルタは、ルイとちがって生徒《せいと》への体罰《たいばつ》を嫌《いや》がる先生《せんせい》でした。ある日《ひ》、クラスメイトのノートを引《ひ》きちぎった生徒《せいと》をなかなか罰《ばっ》しようとしないイポリットに、

「仕方《しかた》がないな。僕《ぼく》が生徒《せいと》を叱《しか》ってやるよ」

とルイが代《か》わって体罰《たいばつ》を申《もう》し出《で》ました。

「やめろよ、ルイ。おまえ、生徒《せいと》からなんて呼《よ》ばれているか知《し》ってるのか？」

「ああ、『監察官《かんさつかん》』だろ」

「なーんだ、知《し》っていたのか。つまんない」

「悪口《わるくち》って、すぐ入《はい》ってくるもんだからね。けど、イポリット、ルールを破《やぶ》ったら、痛《いた》い目《め》にあうということを生徒《せいと》にわからせないとダメだよ。きびしくしないと生徒《せいと》のためにならないからね」

規則《きそく》を守《まも》らない生徒《せいと》にはきびしく罰則《ばっそく》を与《あた》えるルイでしたが、けっして嫌《きら》われてはいませんでした。それどころか生徒《せいと》の間《あいだ》では大人気《だいにんき》の教師《きょうし》だったのです。

「それにしてもルイ、おまえって不思議《ふしぎ》な奴《やつ》だな。生徒《せいと》をきびしく叱《しか》っても、ぜんぜん嫌《きら》われないもの」

イポリットが感心《かんしん》すると、ルイはこう言《い》いました。

「ああ、それは僕《ぼく》の授業《じゅぎょう》が面白《おもしろ》いからに決《き》まってるじゃないか」

「あ～あ、ほんと自信家《じしんか》なんだから」

実際《じっさい》、彼《かれ》の話《はなし》は人《ひと》を退屈《たいくつ》させることはありませんでした。生徒《せいと》たちもルイの話《はなし》についつい引《ひ》き込《こ》まれていきます。生徒《せいと》たちが退屈《たいくつ》そうにしていると思《おも》ったら、すぐに別《べつ》の話題《わだい》に切《き》り替《か》える機転《きてん》の良《よ》さもルイにはありました。

冗談《じょうだん》を言《い》ったかと思《おも》えば、急《きゅう》に真面目《まじめ》な話《はなし》に移《うつ》ったりするなど、ルイは緊張感《きんちょうかん》も演出《えんしゅつ》しました。生徒《せいと》たちは、まるで遊園地《ゆうえんち》のジェットコースターに乗《の》っているような、ワクワクした気分《きぶん》にさせられたものです。ルイはけっして生徒《せいと》たちの気《き》を自分《じぶん》からそらしませんでした。

同僚《どうりょう》の教師《きょうし》たちもルイとの会話《かいわ》を楽《たの》しみました。イポリットやガブリエルのような目《め》の見《み》えない教師《きょうし》だけではありません。目《め》の見《み》える教師《きょうし》たちも、ルイのユーモアに富《と》んだ会話《かいわ》にひきこまれていたのです。

「キミって、人《ひと》の心《こころ》をあやつる天才《てんさい》かもな」

イポリットがあえて冗談《じょうだん》っぽくルイに伝《つた》えましたが、彼《かれ》は本心《ほんしん》からそう思《おも》っていました。

オルガン奏者《そうしゃ》・ルイ

ところで、そのころのルイの唯一《ゆいいつ》の気晴《きば》らしは音楽《おんがく》でした。ピニエ校長《こうちょう》も、ルイのオルガン演奏《えんそう》の実力《じつりょく》を前《まえ》から知《し》っていました。ある日《ひ》、ピニエ校長《こうちょう》はルイにこんな提案《ていあん》をします。

「ルイ、キミも知《し》っているだろうが、盲学校《もうがっこう》の近《ちか》くに聖《せい》ニコラ・デ・シャン教会《きょうかい》がある。その教会《きょうかい》でオルガン奏者《そうしゃ》を探《さが》しているらしい。授業《じゅぎょう》もあるし、点字《てんじ》の研究《けんきゅう》もあるだろうから、忙《いそが》しいのはわかっている。しかしどうだね、気晴《きば》らしにオルガンを演奏《えんそう》してみないか？」

大好《だいす》きなオルガンの演奏《えんそう》です。聖《せい》ニコラ・デ・シャン教会《きょうかい》は、立派《りっぱ》なオルガンが置《お》かれていることでも知《し》られていました。そして、何《なに》よりも嬉《うれ》しいことがあります。演奏料《えんそうりょう》がもらえるというのです。ルイはすぐに返事《へんじ》をしました。

「ぜひ、やらせてください」

こうしてルイは教会《きょうかい》のオルガン奏者《そうしゃ》を引《ひ》き受《う》けます。

日曜《にちよう》のミサにやってきた人《ひと》たちの何人《なんにん》かが、オルガン演奏者《えんそうしゃ》が新顔《しんがお》であることに気《き》づきました。そして、演奏《えんそう》がはじまると誰《だれ》もがいつもとちがう演奏法《えんそうほう》に気《き》づきます。ある老夫《ろうふ》婦《ふ》がこんな会話《かいわ》を交《か》わしていました。

「ん？　最近《さいきん》オルガン奏者《そうしゃ》が代《か》わったのか？」

「ええ、若《わか》い人《ひと》みたいよ」

「なかなか上手《じょうず》じゃないか」

「そうね」

こんなふうに教会《きょうかい》のあちこちでひそひそ話《ばなし》がはじまりました。

「なんでも盲学校《もうがっこう》の先生《せんせい》らしい」

「目《め》が見《み》えないっていうじゃないの」

「楽譜《がくふ》は見《み》えるのか？」

目《め》の見《み》えないルイは、その分《ぶん》、周囲《しゅうい》の音《おと》をよく聞《き》いています。みんなが自分《じぶん》のことを話《わ》題《だい》にしていることがわかり、演奏《えんそう》に一層力《いっそうちから》が入《はい》りました。ルイの素晴《すば》らしい演奏《えんそう》が教会《きょうかい》にきている人《ひと》たちを魅了《みりょう》し、教会《きょうかい》での初《はじ》めての演奏《えんそう》は成功《せいこう》のうちに終《お》わりました。

「あの聖《せい》ニコラ・デ・シャン教会《きょうかい》では、盲学校《もうがっこう》の先生《せんせい》がオルガンを演奏《えんそう》しているんだって。彼《かれ》も目《め》が見《み》えないけど、すごく演奏《えんそう》がうまいらしい」

そんなウワサがパリ中《じゅう》に広《ひろ》まりました。

「ぜひ私《わたし》の教会《きょうかい》でも演奏《えんそう》してもらいたい」

という依頼《いらい》が盲学校《もうがっこう》に殺到《さっとう》します。ルイは、まさに引《ひ》っ張《ぱ》りだこでした。

結局《けっきょく》、パリ教会区《きょうかいく》のノートルダム・デ・シャン教会《きょうかい》をはじめ、あちこちの教会《きょうかい》でルイはオルガン奏者《そうしゃ》をつとめることになります。こうして亡《な》くなるまでオルガン奏者の肩書《かたがき》がついて回《まわ》ることになりました。

教会《きょうかい》でのオルガン演奏《えんそう》はいい副収入《ふくしゅうにゅう》にもなりました。正教師《せいきょうし》の給料《きゅうりょう》にオルガンの演奏料《えんそうりょう》が加《くわ》わったのです。ルイにとっては、趣味《しゅみ》と実益《じつえき》を兼《か》ねた最高《さいこう》の息抜《いきぬ》きだったにちがいありません。そして、オルガン演奏《えんそう》で教会《きょうかい》に行《い》くときや日曜《にちよう》の外出《がいしゅつ》のときには、必《かなら》ず上着《うわぎ》の両襟《りょうえり》に造花《ぞうか》か金箔《きんぱく》のシュロの葉《は》を飾《かざ》った制服《せいふく》を着《き》ていました。いかにこの制服《せいふく》が気《き》に入《い》っていたかわかるでしょう。

ルイがオルガンと関《かか》わったのは、パリにおいてだけではありません。夏休《なつやす》みやその他《ほか》の長期休暇《ちょうききゅうか》でクーヴレ村《むら》に帰《かえ》ったときなどは、村周辺《むらしゅうへん》でオルガンの調律《ちょうりつ》をして、生活費《せいかつひ》の足《た》しにしていました。

不穏な日々《ひび》

ルイにとって、父親《ちちおや》の死《し》は大《おお》きなショックでした。しかし、一八三四年《ねん》に開《ひら》かれた盲学《もうがっ》校《こう》の理事会《りじかい》での決定《けってい》も、父《ちち》の死《し》と同《おな》じくらいのショックをルイに与《あた》えます。

この年《とし》の理事会《りじかい》で、六点点字《ろくてんてんじ》のアルファベットを生徒《せいと》が使用《しよう》することを「禁止《きんし》」するという決定《けってい》が下《くだ》されたのです。これに違反《いはん》した生徒《せいと》は罰則《ばっそく》が科《か》せられることになりました。

ピニエ校長《こうちょう》から理事会《りじかい》の決定《けってい》を知《し》らされたルイは言葉《ことば》を失《うしな》いました。

「ルイ、残念《ざんねん》なことになったけど、理事会《りじかい》が決《き》めたことだからな。私《わたし》にはどうしようもないんだ。本当《ほんとう》に申《もう》し訳《わけ》ない」

「いいんです、ピニエ先生《せんせい》。そのうちわかってくれるでしょうから」

そう答《こた》えるのが精一杯《せいいっぱい》のルイでした。しかし、その場《ば》にいたガブリエルとイポリットが、ルイに代《か》わって理事会《りじかい》への怒《いか》りをぶちまけます。

「理事会《りじかい》のわからず屋《や》め。なんてひどい奴《やっ》らなんだ。せっかくルイがオレたちのために、素晴《すば》らしい点字《てんじ》をつくったんですよ。なのに、どうして禁止《きんし》するんですか。違反《いはん》した生徒《せいと》には罰《ばっ》を与《あた》える？　冗談《じょうだん》じゃないですよ。生徒《せいと》たちもかわいそうじゃないですか。イポリット、キミもそうは思《おも》わないか？」

「そうさ、まったくおかしいよ」

イポリットもガブリエルに同調《どうちょう》しました。ガブリエルはなおもつづけます。

「理事会《りじかい》は生徒《せいと》たちのことをぜんぜん考《かんが》えてないんだ。ピニエ先生《せんせい》。ルイのアルファベットはわかりやすくて、今《いま》までの文字《もじ》の中《なか》で最高《さいこう》に使《つか》いやすいんです。それが証拠《しょうこ》に、生徒《せいと》たちはルイの点字《てんじ》を使《つか》って手紙《てがみ》のやりとりをしているじゃないですか」

「ああ、それは私《わたし》もよくわかっている」

ピニエ校長《こうちょう》は困《こま》ったような表情《ひょうじょう》です。

「だったら、なぜ禁止《きんし》するんですか」

「だが、理事会《りじかい》が……」

「ピニエ先生《せんせい》はいつもそうなんだから」

イポリットはため息《いき》をつきました。

「イポリット、ピニエ先生《せんせい》は僕《ぼく》たちの味方《みかた》なんだ。そんなに先生《せんせい》を責《せ》めるなよ」

ルイがピニエ校長《こうちょう》をかばいます。

「だって」

「うっ、ゴボッ、ゴボッ！」

そのとき、突然《とつぜん》、ルイが咳込《せきこ》みました。

「ルイ、大丈夫《だいじょうぶ》か？」

心配《しんぱい》そうにピニエ校長《こうちょう》がルイの顔《かお》をのぞきこみます。

「ええ、大丈夫《だいじょうぶ》です。風邪《かぜ》をひいたみたいです。一晩《ひとばん》寝《ね》れば治《なお》りますよ」

「それならいいが……」

しかし、ガブリエルは最近《さいきん》、ルイがよく咳《せき》をしていることに気《き》づいていました。そのこ

とをピニエ校長《こうちょう》に伝《つた》えようとしましたが、

(せっかく正教師《せいきょうし》になれたのに、病気《びょうき》のせいでクビにされたらルイがかわいそうだ)

と思《おも》い、黙《だま》っていました。

ルイ本人《ほんにん》もガブリエルと同《おな》じ思《おも》いです。

その夜《よる》もルイはベッドの上《うえ》で咳込《せきこ》み、寝汗《ねあせ》をびっしょりとかきました。次《つぎ》の日《ひ》も、また次《つぎ》の日《ひ》も……。咳込《せきこ》む回数《かいすう》は日《ひ》に日《ひ》に増《ふ》える一方《いっぽう》です。不安《ふあん》な日々《ひび》を送《おく》るルイでしたが、
ある日《ひ》、ピニエ校長《こうちょう》が嬉《うれ》しい知《し》らせを持《も》ってきました。

「ルイ、産業製品博覧会《さんぎょうせいひんはくらんかい》に出展《しゅってん》が決《き》まったぞ」

「何《なに》がですか？」

「キミの六点点字《ろくてんてんじ》を産業製品博覧会《さんぎょうせいひんはくらんかい》で公開《こうかい》することになったんだよ」

「えっ、本当《ほんとう》ですか？」

「これが、六点点字《ろくてんてんじ》がもっと広《ひろ》く知《し》られるきっかけになるかもしれないな」

「ピニエ先生《せんせい》、ありがとうございます。けど、理事会《りじかい》のほうは大丈夫《だいじょうぶ》なんですか？」

「ルイ、安心《あんしん》したまえ。理事会《りじかい》が決《き》めたのは、生徒《せいと》がルイの点字《てんじ》を使用《しよう》してはいけないということだけだよ。なにも一般《いっぱん》に公開《こうかい》するのはダメだとは言《い》っていない。つまり、産業製《さんぎょうせい》品博覧会《ひんはくらんかい》で公開《こうかい》しても、理事会《りじかい》は文句《もんく》のつけようがないということだ」

この年《とし》、パリのコンコルド広場《ひろば》で産業製品博覧会《さんぎょうせいひんはくらんかい》が開《ひら》かれました。

ピニエ校長《こうちょう》のはたらきかけで、ルイの発明《はつめい》した六点点字《ろくてんてんじ》も公開《こうかい》され、盲人教育関係者《もうじんきょういくかんけいしゃ》の注目《ちゅうもく》を集《あつ》めたのは言《い》うまでもありません。理事会《りじかい》の決定《けってい》にひどく落《お》ち込《こ》んでいたルイを元《げん》気《き》づける最高《さいこう》のプレゼントでした。

あとでわかることですが、もめごとが嫌《きら》いとはいえ、ピニエ校長《こうちょう》は理事会《りじかい》の決定《けってい》に「ハイハイ」と従《したが》うほどの弱腰《よわごし》ではありませんでした。ルイの点字《てんじ》を実際《じっさい》には「禁止《きんし》」にせず、相変《あいか》わらずアユイの浮《う》き出《だ》し文字《もじ》と併用《へいよう》させていたのです。

結《けっ》核《かく》

一八三六年《ねん》はパリにとって、記念《きねん》すべき年《とし》になりました。

この年《とし》、建設工事《けんせつこうじ》がはじまってから二十九年目《にじゅうくねんめ》にやっと凱旋門《がいせんもん》が完成《かんせい》したのです。今《いま》ではパリに欠《か》かせない建造物《けんぞうぶつ》の一《ひと》つですが、当時《とうじ》のパリ市民《しみん》も、そのどうどうたる姿《すがた》に驚《おどろ》いたことでしょう。凱旋門《がいせんもん》の登場《とうじょう》は、パリが世界《せかい》に誇《ほこ》る近代都市《きんだいとし》になりつつあることを象徴《しょうちょう》する出来事《できごと》でした。パリには輝《かがや》かしい未来《みらい》が待《ま》っていたのです。

そんな明《あか》るいパリとは対照的《たいしょうてき》に、ルイの体《からだ》は徐々《じょじょ》にむしばまれていきました。凱旋門《がいせんもん》が完成《かんせい》する前《まえ》の年《とし》、ルイの咳込《せきこ》む回数《かいすう》は増《ふ》え、微熱《びねつ》が絶《た》えることはありませんでした。頭《あたま》がボーっとし、点字《てんじ》の研究《けんきゅう》にも集中力《しゅうちゅうりょく》が欠《か》けることもたびたびでした。ときどき胸《むね》がしめつけられるような痛《いた》みもあります。ある夜《よる》、みんなが寝静《ねしず》まったころ、

「ゴボッ、ゴボッ」

仰向《あおむ》けに寝《ね》ていたルイが咳込《せきこ》みました。いつになく顔《かお》が火照《ほて》っています。

「ゴボッ、ゴボッ……あー、ゴボッ…」

胸《むね》も痛《いた》い。

「うーっ、ゴボッ、グググッ……」

ルイは急《きゅう》に口《くち》の中《なか》が生暖《なまあたた》かくなったように感《かん》じました。

(唾《つば》でもたまったのだろうか?)

そう思《おも》ったルイは、体《からだ》を起《お》こします。そして手《て》のひらに唾《つば》を吐《は》こうとしました。しかし、何《なに》やらドロッとした液体《えきたい》が手《て》のひらをおおっていきます。

(な、なんなんだ、これは…)

ルイは慌《あわ》てふためきました。

「ゴ、ゴ、ゴボッ、ゴボッ」

ルイは口《くち》を手《て》で押《お》さえますが、口《くち》の中《なか》にたまった液体《えきたい》がドバッと噴《ふ》き出《で》ます。血《ち》のニオイがあたりに立《た》ち込《こ》めました。

（やっぱり血《ち》だ！）

喀血《かっけつ》したのです。恐《おそ》れていたことが現実《げんじつ》になったことをルイは悟《さと》りました。

「ルイ、大丈夫《だいじょうぶ》か！」

ガブリエルがルイの部屋《へや》に飛《と》び込《こ》んできました。その後《うし》ろにはイポリットが心配《しんぱい》そうに立《た》っています。

「イポリット、校医《こうい》を呼《よ》ぶんだ。早《はや》く！」

しばらくして、パジャマ姿《すがた》の校医《こうい》が駆《か》けつけました。校医《こうい》が聴診器《ちょうしんき》でルイの胸《むね》を診《み》ているときでも、ルイの口《くち》からゼイゼイとゴボッ、ゴボッという音《おと》が絶《た》え間《ま》なく漏《も》れてきます。

「ブライユ先生《せんせい》、もっと早《はや》く私《わたし》が診《み》ていればよかった。残念《ざんねん》ながら肺結核《はいけっかく》ですな」

「そ、そうですか……やっぱり、ゴボッ……」

ルイが苦《くる》しそうな表情《ひょうじょう》であえぎました。

「先生《せんせい》、治療法《ちりょうほう》は？」

ガブリエルが尋《たず》ねます。

「安静《あんせい》にしているしかないですな。授業《じゅぎょう》もしばらくは無理《むり》ですぞ。ピニエ校長《こうちょう》には私《わたし》から言《い》っておくことにしましょう」

十九世紀《じゅうきゅうせいき》のヨーロッパは、結核《けっかく》が猛威《もうい》をふるっていました。とくにパリの住環境《じゅうかんきょう》は最悪《さいあく》です。公衆衛生《こうしゅうえいせい》の意識《いしき》が低《ひく》く、コレラや腸《ちょう》チフス、そして結核《けっかく》などの伝染病《でんせんびょう》がまんえんしていました。盲学校《もうがっこう》のある地域《ちいき》はきわめて劣悪《れつあく》な環境《かんきょう》だったので、結核《けっかく》に感染《かんせん》する生徒《せいと》も珍《めずら》しくありませんでした。

さて、不幸《ふこう》にして結核《けっかく》にかかった人《ひと》は、いったいどうしたのでしょうか。結核《けっかく》の死亡率《しぼうりつ》は高《たか》く、パリでは十九世紀末《じゅうきゅうせいきまつ》になっても全死因《ぜんしいん》の二十五《にじゅうご》パーセントを占《し》めていました。ストレプトマイシンなどの結核《けっかく》の治療薬《ちりょうやく》が登場《とうじょう》する二十世紀前半《にじっせいきぜんはん》までは、空気《くうき》がきれいなところで、ただただ安静《あんせい》にするしかなかったのです。

話《はなし》を聞《き》いたピニエ校長《こうちょう》はルイの性格《せいかく》を考《かんが》えて、こう提案《ていあん》しました。

「ルイ、しばらく仕事《しごと》を休《やす》めとは言《い》わない。キミもそれは望《のぞ》まないだろう。だから、低学《ていがく》年《ねん》の生徒《せいと》たちを教《おし》えてくれないか。そのほうが負担《ふたん》が少《すく》なくていいだろう」

意外《いがい》にもルイはピニエ校長《こうちょう》の提案《ていあん》に従《したが》うことにしました。授業《じゅぎょう》の時間《じかん》が減《へ》らされると、点字《てんじ》を研究《けんきゅう》する時間《じかん》が増《ふ》えると考《かんが》えたからです。研究《けんきゅう》に集中《しゅうちゅう》できたせいか、ルイは翌年《よくとし》、アルファベットにフランス語《ご》にはないW《ダブリュー》の点字《てんじ》を新《あら》たに加《くわ》えました。盲学校《もうがっこう》の生徒《せいと》だったイギリス人《じん》の少年《しょうねん》からの依頼《いらい》がきっかけでした。

「ブライユ先生《せんせい》、フランス語《ご》にW《ダブリュー》は必要《ひつよう》ないけど、英語《えいご》にはぜったい必要《ひつよう》です。W《ダブリュー》がないと文章《ぶんしょう》がつくれません。先生《せんせい》、お願《ねが》いです。どうか僕《ぼく》たちのためにW《ダブリュー》をつくってください」

さらに次《つぎ》の年《とし》には、盲学校《もうがっこう》の教師《きょうし》と生徒《せいと》によって、六点点字《ろくてんてんじ》でフランス史《し》の点字本《てんじぼん》（全《ぜん》三巻《さんかん》）が出版《しゅっぱん》されました。もちろん、ルイの六点点字《ろくてんてんじ》が用《もち》いられたものです。

そしてルイの最初《さいしょ》の本《ほん》の改訂版《かいていばん》も出版《しゅっぱん》されます。この改訂版《かいていばん》が、ブライユ点字《てんじ》が世界中《せかいじゅう》に広《ひろ》まるきっかけとなりました。

この年《とし》の五月《ごがつ》、フランス議会《ぎかい》で盲学校《もうがっこう》の新《あたら》しい建物《たてもの》をつくることが決議《けつぎ》されます。

新《あら》たな課題《かだい》

一八三九年《ねん》、ルイは三十歳《さんじっさい》を迎《むか》えました。クーヴレ村《むら》からパリに出《で》てきて、ちょうど二十年目《にじゅうねんめ》の年《とし》です。

ルイの考案《こうあん》した六点点字《ろくてんてんじ》は、使用禁止《しようきんし》の決定《けってい》が理事会《りじかい》でなされ、その後《ご》もアユイの浮《う》き出《だ》し文字《もじ》による教育《きょういく》がつづけられていました。しかし、学内《がくない》では多《おお》くの生徒《せいと》たちが引《ひ》きつづきルイの六点点字《ろくてんてんじ》を使《つか》っていました。やはり、視覚障害者《しかくしょうがいしゃ》たちに使《つか》いやすい文字《もじ》だったからでしょう。

そうはいっても、ルイの点字《てんじ》が、「目《め》の見《み》える人《ひと》と見《み》えない人《ひと》との間《あいだ》に壁《かべ》をつくるのではないか」という理事会《りじかい》の意見《いけん》もけっして頭《あたま》ごなしに否定《ひてい》できません。ルイも見《み》えない人《ひと》と見《み》える人《ひと》とのコミュニケーションの必要性《ひつようせい》を十分理解《じゅうぶんりかい》していました。

（見《み》える人《ひと》と見《み》えない人《ひと》が、直接《ちょくせつ》文字《もじ》を使《つか》って意思《いし》を疎通《そつう》する方法《ほうほう》はないのか）

考《かんが》え抜《ぬ》いた結果《けっか》、ルイは一《ひと》つの方法《ほうほう》を見《み》つけます。

それが「デカポワン」という方法《ほうほう》でした。縦十《たてじゅう》×横十《よこじゅう》の点《てん》でアルファベットの形《かたち》そのものをあらわすようにしたものです。このデカポワンによって、目《め》の見《み》えない人《ひと》が目《め》の見《み》える人《ひと》に手紙《てがみ》を書《か》くことができるようになりました。それだけではなく、自分《じぶん》で書《か》いた文字《もじ》を確認《かくにん》することもできます。

では、どうやって文字《もじ》を書《か》くのでしょうか。

まず書《か》きたい文字《もじ》に必要《ひつよう》な点《てん》を十点《じってん》×十点《じってん》の行列《ぎょうれつ》から選《えら》び、点筆《てんぴつ》を紙《かみ》に押《お》しつけてアルファベットを形《かたち》づくるのです。

デカポワンはアユイの浮《う》き出《だ》し文字《もじ》に比《くら》べると、かなりの進歩《しんぽ》でした。それでも、読《よ》み書《か》きするには時間《じかん》がかかりすぎます。さらに文字《もじ》を書《か》くスペースもゆったりしていないとダメでした。いったいどう解決《かいけつ》すればいいのか、ルイは頭《あたま》を悩《なや》ませます。

（そうだ！　こんなときこそ、彼《かれ》の力《ちから》を借《か》りればいいじゃないか！）

ルイはある友人《ゆうじん》に応援《おうえん》を頼《たの》みました。

その友人《ゆうじん》とは、ルイが入学《にゅうがく》する一年前《いちねんまえ》まで盲学校《もうがっこう》の生徒《せいと》だった機械工《きかいこう》のピエール＝フランソワ＝ヴィクトール・フーコーです。ルイはデカポワンをだれでも簡単《かんたん》に書《か》くことができる機械《きかい》を作《つく》ってくれるよう、フーコーに依頼《いらい》したのです。機械《きかい》を作《つく》るにあたってフーコーはデカポワンを書《か》くために必要《ひつよう》なポイントをルイから聞《き》き出《だ》しました。

「ルイ、わかったよ。キミの頼《たの》みだから、断《ことわ》ることなんてできないさ。いいよ、私《わたし》にまかせなさい」

「持《も》つべきものは友達《ともだち》だ。助《たす》かるよ」

「そうおっしゃっていただいて光栄《こうえい》です、ブライユ先生《せんせい》。いや、今《いま》や有名人《ゆうめいじん》だから、大先《だいせん》生《せい》と言《い》ったほうがいいかな」

「いいえ、いいえ、巨匠《きょしょう》にそうおっしゃっていただき、僕《ぼく》のほうこそ光栄《こうえい》です」

二人《ふたり》は笑《わら》いながら別《わか》れました。体調《たいちょう》が思《おも》わしくなくても、自分《じぶん》のやっていることが実際《じっさい》に実《み》を結《むす》ぶと、不思議《ふしぎ》と全身《ぜんしん》に元気《げんき》が湧《わ》いてきます。ピニエ校長《こうちょう》をはじめ、ルイの理解者《りかいしゃ》たちの喜《よろこ》ぶ顔《かお》も、ルイに勇気《ゆうき》を与《あた》えました。

（けっして私《わたし》だけの孤独《こどく》な闘《たたか》いではないのだ。みんながついている。そのためにも、病気《びょうき》に負《ま》けないで頑張《がんば》るぞ！）

こうしてルイは以前《いぜん》にも増《ま》して熱心《ねっしん》に研究《けんきゅう》をつづけます。

しかし翌年《よくとし》、ルイの良《よ》き理解者《りかいしゃ》であるピニエ校長《こうちょう》に危機《きき》が訪《おとず》れました。デュフォー副校《ふくこう》長《ちょう》がピニエ校長《こうちょう》の追《お》い落《お》としにかかったのです。

ある日《ひ》、理事会《りじかい》の有力者《ゆうりょくしゃ》と教師《きょうし》たちを前《まえ》にして、デュフォー副校長《ふくこうちょう》が熱弁《ねつべん》をふるいました。

「みなさん、ピニエ校長《こうちょう》はご自分《じぶん》が教《おし》える歴史《れきし》の授業《じゅぎょう》で、生徒《せいと》たちにいったいどんなことを行《おこな》っているかご存《ぞん》じですか。この愛《あい》するフランスの歴史《れきし》をゆがめようと、間《ま》ちがった歴《れき》史教育《しきょういく》を行《おこな》っているのです。こんなことが許《ゆる》されてよいのでしょうか」

このデュフォー副校長《ふくこうちょう》のあからさまな工作《こうさく》が功《こう》を奏《そう》してしまい、なんとピニエ校長《こうちょう》は辞《や》めざるをえなくなってしまったのです。ルイの六点点字《ろくてんてんじ》を使《つか》うことをいつも応援《おうえん》してくれたピニエ校長《こうちょう》が学校《がっこう》を去《さ》るとは思《おも》ってもみなかったことです。ルイにとって大《おお》きなショックであったことはまちがいありません。

別《わか》れ際《ぎわ》にルイはピニエ校長《こうちょう》に会《あ》いました。

「ルイ、私《わたし》はこの盲学校《もうがっこう》を去《さ》ることになった。だが、けっして失望《しつぼう》するんじゃない。キミの味方《みかた》をする教師《きょうし》も少《すく》なくないからね。ゴーティエ先生《せんせい》もコルタ先生《せんせい》もいる。けっしてキミ一人《ひとり》ではない。それでは体《からだ》に気《き》をつけるんだ。私《わたし》の住《す》まいは、この盲学校《もうがっこう》の近所《きんじょ》だから、いつでも遊《あそ》びにきなさい」

「はい、とても寂《さび》しいですが、先生《せんせい》もお元気《げんき》で。……それと、妹《いもうと》さんにもよろしくお伝《つた》えください」

そう、独身《どくしん》のピニエには妹《いもうと》が一人《ひとり》いました。

ルイはクーヴレ村《むら》に帰省《きせい》したとき、この妹《いもうと》に手紙《てがみ》を何度《なんど》も書《か》き送《おく》っていました。おそらくほのかな恋心《こいごころ》を抱《いだ》いていたのでしょう。

ピニエは盲学校《もうがっこう》を辞《や》めた後《あと》も、妹《いもうと》と二人《ふたり》で盲学校《もうがっこう》からすぐそばのところに住《す》んでいました。ルイはガブリエルとイポリットを誘《さそ》って、ピニエ家《け》をたびたび訪《おとず》れています。かつての恩師《おんし》と話《はな》したいこともたくさんあったようですが、本当《ほんとう》はピニエよりも妹《いもうと》に会《あ》いたかったのかもしれません。

デュフォーの暴挙《ぼうきょ》

ところで、一体誰《いったいだれ》がピニエ前校長《ぜんこうちょう》の跡《あと》を継《つ》いだのでしょうか。ピニエ追《お》い出《だ》し工作《こうさく》の「主犯《しゅはん》」だったデュフォー副校長《ふくこうちょう》です。彼《かれ》はルイのやることなすことが気《き》に入《い》りませんでした。ルイの点字使用《てんじしよう》にことごとく反対《はんたい》し、アユイの浮《う》き出《だ》し文字《もじ》をかたくなに守《まも》り通《とお》そうとしたのです。

「あの分《わ》からず屋《や》のデュフォー先生《せんせい》が校長《こうちょう》だと、これから先《さき》が思《おも》いやられる」

ガブリエルが肩《かた》をすぼめました。イポリットも、

「オレ、この学校《がっこう》、辞《や》めようかな」

と弱音《よわね》を吐《は》きました。

しかし、ある人物《じんぶつ》の登場《とうじょう》で事態《じたい》が予想《よそう》もしなかった方向《ほうこう》に進《すす》みます。その人物《じんぶつ》とは、デュフォー校長《こうちょう》の推薦《すいせん》で副校長《ふくこうちょう》になったジョーゼフ・ガデです。

ガデ副校長《ふくこうちょう》は、盲学校《もうがっこう》の生徒《せいと》たちが好《この》んで使《つか》っているルイの六点点字《ろくてんてんじ》に注目《ちゅうもく》しました。

(うーん、なかなか素晴《すば》らしい文字《もじ》ではないか。目《め》の見《み》える人《ひと》にはわからないけど、生徒《せいと》たちは水《みず》をえた魚《さかな》のように、この文字《もじ》を書《か》いたり読《よ》んだりしている)

疑問《ぎもん》に思《おも》ったガデ副校長《ふくこうちょう》は、デュフォー校長《こうちょう》にはっきりと問《と》いただしました。

「あんな素晴《すば》らしい点字《てんじ》をなぜ正式《せいしき》に採用《さいよう》しないんですか？」

「ガデ先生《せんせい》、校長《こうちょう》は私《わたし》だ。キミではない。今後《こんご》は私《わたし》の方針《ほうしん》に従《したが》ってもらおう」

はっきりした理由《りゆう》も言《い》わずに、聞《き》く耳《みみ》を持《も》たないデュフォー校長《こうちょう》の態度《たいど》に、その場《ば》は引《ひ》き下《さ》がるしかないガデ副校長《ふくこうちょう》でした。その後《ご》もガデ副校長《ふくこうちょう》はくり返《かえ》しデュフォー校長《こうちょう》に点《てん》字《じ》の採用《さいよう》を訴《うった》えましたが、デュフォー校長《こうちょう》の返事《へんじ》はいつも決《き》まっていました。

「またかね、ガデ先生《せんせい》。その話《はなし》はこれで最後《さいご》にしたまえ」

それでもガデ副校長《ふくこうちょう》はあきらめませんでした。


翌《よく》一八四一年《ねん》四月《がつ》、バルビエ大尉《たいい》が七十四年《ななじゅうよねん》の生涯《しょうがい》を終《お》えます。

ルイはバルビエ大尉《たいい》にしばしば面会《めんかい》を申《もう》し込《こ》んでいました。ルイが六点点字《ろくてんてんじ》を発明《はつめい》したのも、バルビエ大尉《たいい》の十二《じゅうに》点点字《てんてんじ》が大《おお》きなヒントを与《あた》えてくれたからです。バルビエ大尉《たいい》がどう思《おも》っていようと、ルイは大尉《たいい》にとても感謝《かんしゃ》していました。

しかし、バルビエ大尉《たいい》は長《なが》い間《あいだ》ルイと会《あ》おうとしませんでした。直接《ちょくせつ》自宅《じたく》を訪《たず》ねたこともありましたが、それでも大尉《たいい》はルイとの面会《めんかい》を拒否《きょひ》しつづけました。仕方《しかた》なく、ルイは感謝《かんしゃ》の手紙《てがみ》を送《おく》ります。

バルビエ大尉《たいい》が亡《な》くなる数日前《すうじつまえ》のことでした。ルイのもとに一通《いっつう》の手紙《てがみ》が届《とど》きます。差出人《さしだしにん》はバルビエ大尉《たいい》でした。そこには、次《つぎ》のように記《しる》されていました。

「私《わたし》が長年研究《ながねんけんきゅう》した成果《せいか》を引《ひ》き継《つ》ぎ、触覚《しょっかく》に適《てき》した点字《てんじ》の体系《たいけい》を発明《はつめい》されたことを、私《わたし》は大変嬉《たいへんうれ》しく思《おも》っています」

誇《ほこ》り高《たか》いバルビエ大尉《たいい》がルイに送《おく》った精《せい》いっぱいの賛辞《さんじ》だったのでしょう。

バルビエ大尉《たいい》が亡《な》くなって二《に》か月後《げつご》、今度《こんど》はルイの二番目《にばんめ》の姉《あね》、セリーヌが二人《ふたり》の幼《おさな》い子《こ》どもを残《のこ》してこの世《よ》を去《さ》りました。


同《おな》じ年《とし》、ルイにデカポワンを書《か》く機械《きかい》の作成《さくせい》を頼《たの》まれていたフーコーが、ようやくある機械《きかい》を完成《かんせい》させます。それが「ラフィグラフ」と呼《よ》ばれる印字器《いんじき》です。何《なに》も苦労《くろう》しなくても、一《ひと》つの操作《そうさ》でいとも簡単《かんたん》に、しかも短時間《たんじかん》でデカポワンを紙《かみ》に打《う》ちつけることができました。

このラフィグラフの完成《かんせい》で、目《め》の見《み》えない人《ひと》と見《み》える人《ひと》のどちらでも読《よ》み書《か》きができるデカポワンの実用性《じつようせい》が急激《きゅうげき》に高《たか》まったのは言《い》うまでもありません。ルイが開発《かいはつ》した六点点字《ろくてんてんじ》

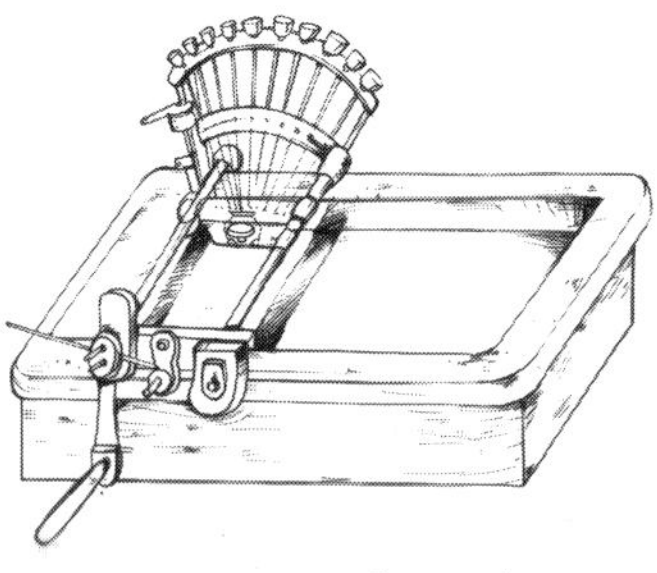

〈ラフィグラフ〉

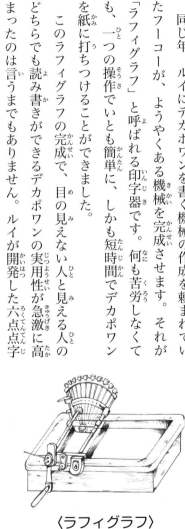

だけでなく、このデカポワンも視覚障害者《しかくしょうがいしゃ》に新《あたら》しい光《ひかり》をもたらすことになりました。

その一方《いっぽう》で、ルイの健康状態《けんこうじょうたい》は日《ひ》に日《ひ》に悪化《あっか》していきました。咳《せき》が絶《た》えることがなく、喀血《かっけつ》も珍《めずら》しくありません。一八四三年《ねん》の四月《しがつ》からルイはクーヴレ村《むら》で約半年間《やくはんとしかん》の療養生活《りょうようせいかつ》に入《はい》りました。ルイ、三十四歳のときです。

同《おな》じころ、ルイが最初《さいしょ》に通《かよ》った学校《がっこう》の校長先生《こうちょうせんせい》、アントワーヌ・ベシュレが亡《な》くなったという知《し》らせが届《とど》きました。他《ほか》にもクーヴレ村《むら》で世話《せわ》になった二人《ふたり》の恩人《おんじん》、パリュイ神父《しんぷ》とドルヴィリエ侯爵《こうしゃく》も、すでに亡《な》くなっていました。

次々《つぎつぎ》と訪《おとず》れる悲《かな》しみを癒《い》やしてくれたのが、亡《な》くなったセリーヌの二人《ふたり》の子《こ》どもたちです。とくに八歳《はっさい》の次女《じじょ》とはすぐに仲良《なかよ》くなりました。二人《ふたり》で会話《かいわ》を楽《たの》しんでいると、ルイはクーヴレ村《むら》で送《おく》った少年時代《しょうねんじだい》を昨日《きのう》のように思《おも》い出《だ》したものです。

この年《とし》の十月《じゅうがつ》、ルイは約半年間《やくはんとしかん》の療養《りょうよう》を終《お》えて盲学校《もうがっこう》に戻《もど》りましたが、ルイが不在《ふざい》にしていた間《あいだ》、盲学校《もうがっこう》では驚《おどろ》くべきことが起《お》こっていたのです。

なんとデュフォー校長《こうちょう》がアユイの考案《こうあん》した浮《う》き出《だ》し文字《もじ》で印刷《いんさつ》した本《ほん》をすべて燃《も》やして

しまったのです。その数《かず》、七十三冊《ななじゅうさんさつ》。ピニエ前校長《ぜんこうちょう》がつくった四十七冊《よんじゅうななさつ》も含《ふく》まれていました。

なぜ、そのような暴挙《ぼうきょ》に至《いた》ったのでしょうか。

デュフォー校長《こうちょう》は、アメリカの盲人教育《もうじんきょういく》の影響《えいきょう》を受《う》け、別《べつ》のタイプの大《おお》きめの浮《う》き出《だ》し文字《もじ》を導入《どうにゅう》することを決《き》めていました。そのためにも、今《いま》までの浮《う》き出《だ》し文字《もじ》を生徒《せいと》たちに使《つか》わせたくなかったのです。また、同様《どうよう》にこれまで生徒《せいと》たちが使《つか》いつづけてきたルイの六点点字《ろくてんてんじ》も使用禁止《しようきんし》にしました。

(デュフォー校長《こうちょう》の今度《こんど》のやり方《かた》はおかしい)

ガデ副校長《ふくこうちょう》の良心《りょうしん》が、痛《いた》みに耐《た》えきれなくなっていきます。そこでガデ副校長《ふくこうちょう》は、思《おも》いきってあることを計画《けいかく》します。失敗《しっぱい》すれば、自身《じしん》が学校《がっこう》を去《さ》らなくてはならないほどの思《おも》いきった計画《けいかく》でした。

しかし翌月《よくげつ》、アンヴァリッド通《どお》りに新《あたら》しい校舎《こうしゃ》が完成《かんせい》し、引《ひ》っ越《こ》しが行《おこな》われたことで、ガデ副校長《ふくこうちょう》の計画《けいかく》はひとまず延期《えんき》されることになりました。

嬉《うれ》しいサプライズ

　一八四四年《ねん》二月《がつ》二十二日《にち》、政府関係者《せいふかんけいしゃ》や大物政治家《おおものせいじか》などを招《まね》き、盲学校《もうがっこう》の新校舎《しんこうしゃ》の落成《らくせい》式典《しきてん》が盛大《せいだい》に行《おこな》われることになりました。

　合唱《がっしょう》や演奏会《えんそうかい》、そして来賓《らいひん》たちのスピーチの他《ほか》、盲人教育《もうじんきょういく》の成果《せいか》が出席者《しゅっせきしゃ》に発表《はっぴょう》されることになっていました。発表《はっぴょう》の時間《じかん》になるとガデ副校長《ふくこうちょう》がすっくと立《た》ち上《あ》がり、

「えー、みなさん、ご静粛《せいしゅく》に」

と出席者《しゅっせきしゃ》に注目《ちゅうもく》を呼《よ》びかけました。会場内《かいじょうない》のざわめきがおさまったところで、ガデ副校《ふくこう》長《ちょう》が言葉《ことば》をつづけます。

「これからみなさんに、点《てん》を使《つか》って文字《もじ》を読《よ》み、そして書《か》く方法《ほうほう》をお見《み》せします」

すると、一人《ひとり》の女子生徒《じょしせいと》が登場《とうじょう》しました。手《て》にはルイの六点点字《ろくてんてんじ》が打《う》たれた紙《かみ》をにぎり

しめています。女子生徒《じょしせいと》は会場《かいじょう》にいる人《ひと》たちによく見《み》えるように、その紙《かみ》をかざしました。

近《ちか》くにいる出席者《しゅっせきしゃ》は紙《かみ》に何《なに》やら複数《ふくすう》の点《てん》が打《う》たれていることに気《き》づいたことでしょう。

「では、その紙《かみ》に書《か》かれてある文章《ぶんしょう》を読《よ》み上《あ》げてください」

ガデ副校長《ふくこうちょう》が合図《あいず》した途端《とたん》、女子生徒《じょしせいと》がルイの六点点字《ろくてんてんじ》が打《う》たれた紙《かみ》をなぞりながら、そこに書《か》かれている文章《ぶんしょう》を声《こえ》を出《だ》して読《よ》みはじめました。ほとんどよどみなく読《よ》み上《あ》げていきます。

「ほおー」

会場《かいじょう》のあちこちからどよめきが起《お》こりました。

拍手《はくしゅ》も聞《き》こえてきます。ひそひそ話《ばなし》をする出席者《しゅっせきしゃ》もいました。

「最初《さいしょ》から打《う》ち合《あ》わせをしていたのでは……」

「私《わたし》もそう思《おも》う」

「あの生徒《せいと》は前《まえ》もってセリフを暗記《あんき》していたにちがいない」

そんな声《こえ》が出《で》てくることも、ガデ副校長《ふくこうちょう》は前《まえ》もって予想《よそう》していたのでしょう、ひそひそ話《ばなし》をしていたグループの一人《ひとり》に声《こえ》をかけました。

「あの、そちらの人《ひと》。恐《おそ》れ入《い》りますが、あなたが文章《ぶんしょう》を提案《ていあん》してください」

ガデ副校長《ふくこうちょう》から指名《しめい》された出席者《しゅっせきしゃ》の男性《だんせい》は気《き》まずそうな表情《ひょうじょう》をしていましたが、ようやく立《た》ち上《あ》がりました。

「急《きゅう》に文章《ぶんしょう》をと言《い》われても困《こま》りますな。えー、では聖書《せいしょ》から選《えら》びましょうか。いや、やめておこう。聖書《せいしょ》だとみんなが知《し》っているから」

「短《みじか》い文章《ぶんしょう》でもいいですよ。そうだ、あなたの名前《なまえ》はどうですか」

「いいですね。では、私《わたし》の名前《なまえ》にしましょう」

男性《だんせい》は女子生徒《じょしせいと》に近寄《ちかよ》り、自分《じぶん》の名前《なまえ》を耳打《みみう》ちしました。女子生徒《じょしせいと》は、その名前《なまえ》を素早《すばや》く点字《てんじ》にします。なんと点字《てんじ》を打《う》つのに二十秒《にじゅうびょう》もかかりません。次《つぎ》にガデ副校長《ふくこうちょう》は点字《てんじ》が打《う》たれたばかりの紙《かみ》を女子生徒《じょしせいと》から取《と》り上《あ》げ、別室《べっしつ》で待《ま》っていた男子生徒《だんしせいと》を呼《よ》びました。

「この紙《かみ》には何《なに》が書《か》いてあるかね。大《おお》きな声《こえ》でみなさんに教《おし》えてあげなさい」

男子生徒《だんしせいと》は紙《かみ》に打《う》たれた点字《てんじ》を指《ゆび》でなぞりはじめました。そして、男性《だんせい》の名前《なまえ》を正確《せいかく》に読《よ》み上《あ》げたのです。

会場内《かいじょうない》から悲鳴《ひめい》に似《に》た歓声《かんせい》と大《おお》きな拍手《はくしゅ》が湧《わ》き起《お》こりました。

男子生徒《だんしせいと》は再《ふたた》び別室《べっしつ》に戻《もど》ります。次《つぎ》に別《べつ》の中年女性《ちゅうねんじょせい》が自分《じぶん》の好《す》きな詩《し》の一節《いっせつ》を女子生徒《じょしせいと》の耳元《みみもと》で朗読《ろうどく》しました。女子生徒《じょしせいと》がこの詩《し》をすばやく点字《てんじ》にします。そして再《ふたた》び別室《べっしつ》から出《で》てきた男子生徒《だんしせいと》が、点字《てんじ》が打《う》たれた紙《かみ》を指《ゆび》でなぞり、読《よ》み上《あ》げました。なんと一字一句《いちじいっく》間《ま》ちがっていませんでした。

「まあ、驚《おどろ》いた。全部合《ぜんぶあ》っているわ。なんてことでしょう」

女性《じょせい》は目《め》をパチクリさせました。会場《かいじょう》は再《ふたた》び大騒《おおさわ》ぎになりました。まるで手品《てじな》か何《なに》かを見《み》せられたように驚《おどろ》きと興奮《こうふん》に包《つつ》まれています。騒《さわ》ぎが静《しず》まってから、ガデ副校長《ふくこうちょう》はなぜかデュフォー校長《こうちょう》を自分《じぶん》の横《よこ》に呼《よ》び寄《よ》せました。すると、デュフォー校長《こうちょう》がこう言《い》ったのです。

「みなさん、私《わたし》が校長《こうちょう》のデュフォーです。みなさんにこの素晴《すば》らしい点字《てんじ》を発明《はつめい》した人物《じんぶつ》を紹介《しょうかい》しましょう。私《わたし》のもっとも尊敬《そんけい》する友人《ゆうじん》で、偉大《いだい》なるオルガン奏者《そうしゃ》、そしてわが盲《もう》学校《がっこう》が全《ぜん》フランスに誇《ほこ》る教師《きょうし》のルイ・ブライユ君《くん》です。みなさん、盛大《せいだい》な拍手《はくしゅ》を！」

ルイが登場《とうじょう》すると、場内《じょうない》から割《わ》れんばかりの拍手《はくしゅ》が湧《わ》き起《お》こりました。

今《いま》までルイの点字《てんじ》を目《め》の敵《かたき》にしていたデュフォー校長《こうちょう》がルイを讃《たた》えるなんて！　なぜ、こんな想像《そうぞう》もできないシーンをガデ副校長《ふくこうちょう》が演出《えんしゅつ》できたのでしょうか。話《はなし》は前日《ぜんじつ》にさかのぼります。

落成式前日《らくせいしきぜんじつ》、校長室《こうちょうしつ》で有力《ゆうりょく》な理事《りじ》がデュフォー校長《こうちょう》と面談《めんだん》していました。ガデ副校長《ふくこうちょう》もその場《ば》にいます。この理事《りじ》は資産家《しさんか》で知《し》られ、つい最近《さいきん》、理事《りじ》になったばかりでした。ガデ副校長《ふくこうちょう》とは昔《むかし》から親《した》しい人物《じんぶつ》です。

「デュフォー校長《こうちょう》、ガデ先生《せんせい》からは経済的《けいざいてき》に苦《くる》しいことも含《ふく》めてだいたいのことは聞《き》いている。だから、この盲学校《もうがっこう》に寄付《きふ》をしたい。それも多額《たがく》の寄付《きふ》ですぞ。しかし、それには一《ひと》つだけ条件《じょうけん》がある。ブライユ先生《せんせい》の点字《てんじ》を正式《せいしき》に採用《さいよう》してもらいたい。それだけだ。他《ほか》の理事《りじ》は私《わたし》が説得《せっとく》するから、安心《あんしん》したまえ。もちろん、キミの地位《ちい》も保証《ほしょう》する」

ガデ副校長《ふくこうちょう》と示《しめ》し合《あ》わせた理事《りじ》の提案《ていあん》を、デュフォー校長《こうちょう》はあっさりと受《う》け入《い》れました。

(仕方《しかた》がない。そろそろブライユを認《みと》めてやるか。学校《がっこう》には多額《たがく》の寄付《きふ》が集《あつ》まるし、ブライユが有名《ゆうめい》になれば、私《わたし》も功労者《こうろうしゃ》として名《な》が知《し》られることになるだろう)

こうして翌日《よくじつ》の大芝居《おおしばい》となり、盲学校《もうがっこう》がルイの六点点字《ろくてんてんじ》を正式《せいしき》に採用《さいよう》することになりました。ルイが六点点字《ろくてんてんじ》を考案《こうあん》してから、じつに二十年《にじゅうねん》の歳月《さいげつ》が経《た》っていました。

ルイの旅立《たびだ》ち

盲学校《もうがっこう》が環境《かんきょう》の良《よ》くないサン・ヴィクトール通《どお》りから、風通《かぜとお》しの良《よ》いアンヴァリッド通《どお》りに新校舎《しんこうしゃ》を移《うつ》してからも、ルイの体調《たいちょう》はすぐれませんでした。それどころか、ますます悪《わる》くなっていきます。

すでに一八四〇年《ねん》からルイは個人教授《こじんきょうじゅ》以外《いがい》の授業《じゅぎょう》を免除《めんじょ》されていました。そして盲学校《もうがっこう》の移転後《いてんご》、ルイの体調《たいちょう》を考《かんが》えたデュフォー校長《こうちょう》がルイをすべての授業《じゅぎょう》から外《はず》し、盲学校《もうがっこう》の中《なか》でゆっくりと結核《けっかく》の治療《ちりょう》に専念《せんねん》することをすすめました。

無理《むり》をしなくなったせいか、ルイの体調《たいちょう》も回復《かいふく》します。校医《こうい》のおすみつきももらい、一八四七年《ねん》には再《ふたた》び教壇《きょうだん》に立《た》つこともできました。しかし、それも長《なが》くはつづきません。一八五〇年《ねん》、ルイは再《ふたた》び大量《たいりょう》に喀血《かっけつ》したのです。ルイはデュフォー校長《こうちょう》に申《もう》し出《で》ました。

「もうこれ以上《いじょう》は無理《むり》です。私《わたし》がいれば、盲学校《もうがっこう》に迷惑《めいわく》をかけるだけでしょう。どうか大《だい》臣《じん》に早期退職《そうきたいしょく》の許可《きょか》をもらってください」

するとデュフォー校長《こうちょう》は、こう返《かえ》しました。

「何《なに》を言《い》うのかね、ブライユ君《くん》。キミはまだ四十一歳《よんじゅういっさい》ではないか。今《いま》、退職《たいしょく》したら、年金《ねんきん》が少《すこ》ししか出《で》ないよ。退職《たいしょく》するかしないかは私《わたし》にまかせなさい」

ルイにいじわるばかりしていたデュフォー校長《こうちょう》でしたが、落成式《らくせいしき》での一件《いっけん》以来《いらい》すっかりルイの支持者《しじしゃ》になっていたのです。

一八五一年《ねん》十二月《がつ》四日《か》の深夜《しんや》、ベッドの上《うえ》でルイが何度《なんど》も咳《せき》こみました。寒《さむ》い夜《よる》でしたが、シーツは汗《あせ》でびっしょりです。そして、朝方《あさがた》にかけて喀血《かっけつ》をくり返《かえ》しました。クリスマスを迎《むか》えた朝《あさ》、彼《かれ》は見舞《みま》いにきたイポリットに、友人《ゆうじん》たちへの「遺言《ゆいごん》」を口《くち》にしています。

一八五二年《ねん》一月《がつ》六日《か》、ルイは朝《あさ》から自分《じぶん》の最期《さいご》を悟《さと》っていました。ガブリエルやイポリット、そしてクーヴレ村《むら》から兄《あに》のルイ＝シモンも駆《か》けつけ、ルイのベッドを取《と》りかこみました。夕方《ゆうがた》になると、ルイの意識《いしき》はもうろうとし、言葉《ことば》を交《か》わすこともできなくなります。

「ルイ、よく頑張《がんば》った」

「キミは偉大《いだい》なことを成《な》し遂《と》げたんだよ」

「ルイ・ブライユ、キミは最高《さいこう》の友人《ゆうじん》だった」

みんなが口々《くちぐち》にルイに別《わか》れの言葉《ことば》をかけました。

午後七時半《ごごしちじはん》、ルイ・ブライユは大好《だいす》きな人《ひと》たちに見守《みまも》られながら帰《かえ》らぬ人《ひと》となります。まだ四十三歳《よんじゅうさんさい》の若《わか》さでした。遺体《いたい》はクーヴレ村《むら》に運《はこ》ばれ、父親《ちちおや》のシモン＝ルネと姉《あね》のセリーヌの眠《ねむ》る墓地《ぼち》に埋葬《まいそう》されました。

フランス政府《せいふ》が「ブライユ点字《てんじ》」を視覚障害者《しかくしょうがいしゃ》の文字《もじ》として公式《こうしき》に認《みと》めたのは、ルイの死去《しきょ》から二年後《にねんご》のことでした。こうしてルイの六点点字《ろくてんてんじ》はフランス国内《こくない》の盲学校《もうがっこう》で使用《しよう》が認《みと》められ、やがて世界中《せかいじゅう》に広《ひろ》がっていくことになります。

エピローグ

一本《いっぽん》の珍《めずら》しい白黒《しろくろ》フィルムが残《のこ》されています。

二分四十六秒《にふんよんじゅうろくびょう》という短《みじか》いアメリカのニュース・フィルムで、一九五二年《ねん》にフランスで撮《さつ》影《えい》されたものです。

「ルイ・ブライユの葬儀《そうぎ》、ヘレン・ケラー」と題《だい》されたフィルムは、まずパリ近郊《きんこう》のクーヴレ村《むら》を映《うつ》し出《だ》しました。ナレーターが、一八〇九年《ねん》にこの村《むら》でルイ・ブライユが生《う》まれたと早口《はやくち》の英語《えいご》で解説《かいせつ》し、映像《えいぞう》は村《むら》の小《ちい》さな墓地《ぼち》に移《うつ》ります。ナレーターはこうつづけました。

「ブライユの死後《しご》百年《ひゃくねん》、一九五二年《ねん》六月《がつ》にクーヴレの小《ちい》さな墓地《ぼち》からパリに移《うつ》されることになった」

村《むら》の墓地《ぼち》から大勢《おおぜい》の人々《ひとびと》が行進《こうしん》しています。次《つぎ》にフィルムに映《うつ》ったのは、あのヘレン・ケラーでした。知《し》っている人《ひと》もたくさんいるでしょう。目《め》が見《み》えない、そして耳《みみ》も聴《き》こえない女性《じょせい》ですが、家庭教師《かていきょうし》のサリヴァン女史《じょし》のおかげで大学教育《だいがくきょういく》を受《う》け、その後《ご》、障害者《しょうがいしゃ》福祉《ふくし》に一生《いっしょう》をささげた人物《じんぶつ》です。

奇跡《きせき》ともいえる彼女《かのじょ》の人生《じんせい》が演劇《えんげき》や映画《えいが》にもなったことで、ヘレン・ケラーの名前《なまえ》は世《せ》界中《かいじゅう》に知《し》れ渡《わた》りました。日本《にっぽん》でも「奇跡《きせき》の人《ひと》」として知《し》られています。そんなヘレン・ケラーには、二人《ふたり》の恩人《おんじん》がいました。

一人《ひとり》は家庭教師《かていきょうし》のサリヴァン女史《じょし》です。そして、もう一人《ひとり》が、目《め》が見《み》えなくてもさまざまな書物《しょもつ》が読《よ》める点字《てんじ》を開発《かいはつ》した、ルイ・ブライユでした。点字《てんじ》のおかげで大学教育《だいがくきょういく》まで受《う》けることができたヘレンにとって、ルイは神様《かみさま》のような存在《そんざい》だったことでしょう。

彼女《かのじょ》のように、ルイの点字《てんじ》で人生《じんせい》がひらけた人《ひと》が数多《かずおお》くいました。だから、ルイの棺《ひつぎ》が生《う》まれ故郷《こきょう》のクーヴレ村《むら》の墓地《ぼち》からパリ五区《ごく》にあるパンテオンに移《うつ》されたことを、フランスだけでなく、世界中《せかいじゅう》のマスコミが報《ほう》じたのです。

十八世紀後半《じゅうはっせいきこうはん》に建《た》てられたパンテオンは当初《とうしょ》、サン＝ジュヌヴィエーヴ教会《きょうかい》として使《つか》われていました。が、のちにフランスの偉人《いじん》たちを祀《まつ》る霊廟《れいびょう》となりました。このパンテオンに祀《まつ》られているのは、みな名《な》の知《し》れた人物《じんぶつ》ばかり。

たとえば、放射性元素《ほうしゃせいげんそ》のラジウムを発見《はっけん》したマリー・キュリー（「キュリー夫人《ふじん》」で知《し》られる）や世界的《せかいてき》に有名《ゆうめい》な小説《しょうせつ》『レ・ミゼラブル』を書《か》いた作家《さっか》のヴィクトル・ユーゴー、印象派画家《いんしょうはがか》のジャン・モネといったフランスを代表《だいひょう》する偉人《いじん》たちが名《な》をつらねています。

そんな誰《だれ》もが知《し》っている顔《かお》ぶれを見《み》ても、ルイ・ブライユの功績《こうせき》の大《おお》きさがわかるでしょう。だから、彼《かれ》の棺《ひつぎ》がパンテオンに移《うつ》されるとき、世界中《せかいじゅう》から数百名《すうひゃくめい》の視覚障害者《しかくしょうがいしゃ》がパリに駆《か》け付《つ》け、称《たた》えたのです。

ヘレン・ケラーもその一人《ひとり》でした。パリのソルボンヌで行《おこな》われたルイ・ブライユ没後《ぼつご》百《ひゃく》周年記念式典《しゅうねんきねんしきてん》に招《まね》かれていたのです。彼女《かのじょ》はこの日《ひ》、フランス語《ご》でスピーチを行《おこな》いました。

「人類《じんるい》がグーテンベルクに恩恵《おんけい》を受《う》けているように、私《わたし》たち視覚障害者《しかくしょうがいしゃ》は、ルイ・ブライユに恩恵《おんけい》を受《う》けているのです」

スピーチ原稿《げんこう》は文法《ぶんぽう》も正《ただ》しい完璧《かんぺき》なフランス語《ご》でしたが、ヘレンが声《こえ》に出《だ》すと、やはりたどたどしい発音《はつおん》になってしまいます。しかし、それはとても感動的《かんどうてき》なスピーチでした。

さて、フィルムに戻《もど》りましょう。

ルイの遺骨《いこつ》が納《おさ》められた棺《ひつぎ》が参加者《さんかしゃ》によって担《かつ》がれました。パンテオンまで運《はこ》ぶためです。何百人《なんびゃくにん》もの人々《ひとびと》が後《あと》につづき、目《め》の見《み》えない少年少女《しょうねんしょうじょ》たちも並《なら》んで一歩《いっぽ》一歩《いっぽ》進《すす》んでいます。視覚障害者《しかくしょうがいしゃ》たちの手《て》には白《しろ》い杖《つえ》が握《にぎ》られています。歩《ある》くたびにその杖《つえ》がパリの石畳《いしだたみ》を打《う》ったことでしょう。コツコツという音《おと》が映像《えいぞう》から聞《き》こえてきそうです。不思議《ふしぎ》で、しかもおごそかな行進《こうしん》でした。ニューヨーク・タイムズが「英雄《えいゆう》たちの不思議《ふしぎ》な行進《こうしん》」と報《ほう》じたほどです。

そして、フランス史《し》に多大《ただい》な貢献《こうけん》をした偉人《いじん》たちが祀《まつ》られているパンテオンに、ルイ・ブライユの遺骨《いこつ》が納《おさ》められた棺《ひつぎ》が到着《とうちゃく》しました。盛大《せいだい》に式典《しきてん》が行《おこな》われたところで、このフィルムは終《お》わっています。

ヘレン・ケラーはこの年《とし》、パリを訪《おとず》れる前《まえ》にエジプト、シリア、レバノン、ヨルダン、イスラエルを歴訪《れきほう》しました。エジプトでは目《め》の見《み》えない教育大臣《きょういくだいじん》ターハー・フセインがカイロで彼女《かのじょ》を出迎《でむか》えています。またカイロ入《い》りしたヘレンに敬意《けいい》を表《ひょう》するため、あるエジプトの目《め》の見《み》えない指導者《しどうしゃ》はこう言《い》いました。

「わが慈悲深《じひぶか》き神《かみ》は、一《ひと》つの目《め》の代《か》わりにルイ・ブライユを、そしてもう一《ひと》つの目《め》の代《か》わりにヘレン・ケラーを与《あた》えたもうた」

尊敬《そんけい》するルイ・ブライユと並《なら》び称《しょう》されたヘレン・ケラーは、さぞ嬉《うれ》しかったことでしょう。世界中《せかいじゅう》の視覚障害者《しかくしょうがいしゃ》と聴覚障害者《ちょうかくしょうがいしゃ》を勇気《ゆうき》づけたヘレンですら、ルイ・ブライユと比較《ひかく》されることに戸惑《とまど》ったにちがいありません。

こうしてルイ・ブライユの遺骨《いこつ》はパンテオンに移《うつ》されました。しかし、両手《りょうて》の骨《ほね》だけは生《う》まれ故郷《こきょう》の墓《はか》にあります。墓石《ぼせき》の上《うえ》に置《お》かれた骨壺《こつつぼ》に残《のこ》されている両手《りょうて》の指《ゆび》――。この指《ゆび》から生《う》まれた点字《てんじ》は、英語《えいご》、スペイン語《ご》、ドイツ語《ご》、日本語《にほんご》など各国《かっこく》の言語《げんご》に合《あ》うように工夫《くふう》され、今《いま》も一四二か国《こく》にものぼる世界中《せかいじゅう》の視覚障害者《しかくしょうがいしゃ》に希望《きぼう》の光《ひかり》を与《あた》え続《つづ》けています。

〈おわり〉

参考資料《さんこうしりょう》

ルイ・ブライユ年表《ねんぴょう》

ルイ・ブライユはどんな生涯《しょうがい》を送《おく》ったのか。このころの世界《せかい》や日本《にっぽん》のできごとも併《あわ》せて年表《ねんぴょう》で紹介《しょうかい》します。

西暦《せいれき》	年齢《ねんれい》	できごと
1809年《ねん》	0歳《さい》	フランスのクーヴレ村《むら》で父《ちち》シモン＝ルネと母《はは》モニクの4番目《ばんめ》の子《こ》として誕生《たんじょう》。
1812年《ねん》	3歳《さい》	父《ちち》の作業場《さぎょうば》で片方《かたほう》の目《め》を負傷《ふしょう》し、失明《しつめい》。反対《はんたい》の目《め》も徐々《じょじょ》に視力《しりょく》が落《お》ちる。
1814年《ねん》	5歳《さい》	両方《りょうほう》の目《め》が完全《かんぜん》に見《み》えなくなり、全盲《ぜんもう》に。
1815年《ねん》	6歳《さい》	教会《きょうかい》のジャック・パリュイ神父《しんぷ》から教育《きょういく》を受《う》ける。
1816年《ねん》	7歳《さい》	クーヴレ村《むら》の学校《がっこう》に入《はい》り、2年間学《ねんかんまな》ぶ。
1819年《ねん》	10歳《さい》	パリの王立盲学校《おうりつもうがっこう》に入学《にゅうがく》。
1821年《ねん》	12歳《さい》	シャルル・バルビエが提案《ていあん》した12点点字《てんてんじ》（ソノグラフィー）を実験的《じっけんてき》に使用《しよう》する。その後《ご》、12点点字《てんてんじ》の改良《かいりょう》に着手《ちゃくしゅ》。
1824年《ねん》	15歳《さい》	6点点字《てんてんじ》の基礎《きそ》を思《おも》いつく。
1825年《ねん》	16歳《さい》	点字《てんじ》の基本形《きほんけい》をほぼ完成《かんせい》させる。

世界《せかい》と日本《にっぽん》のできごと	
1804年《ねん》	ナポレオン、皇帝《こうてい》に即位《そくい》する。
1814年《ねん》	ナポレオン、エルバ島《とう》に追放《ついほう》される。第《だい》1次王政復古《じおうせいふっこ》。
1815年《ねん》	ワーテルローの戦《たたか》いで、ナポレオンがイギリス、プロイセンなどの連合軍《れんごうぐん》に敗北《はいぼく》。セントヘレナ島《とう》へ流《なが》される。
1821年《ねん》	ナポレオン、死去《しきょ》。
1825年《ねん》	日本《にっぽん》 江戸幕府《えどばくふ》、異国船打払令《いこくせんうちはらいれい》を出《だ》す。

1828年《ねん》	19歳《さい》	盲学校《もうがっこう》の復習教師《ふくしゅうきょうし》となる。
1829年《ねん》	20歳《さい》	『点《てん》を使《つか》って、言葉《ことば》、楽譜《がくふ》、簡単《かんたん》な歌《うた》を書《か》く方法《ほうほう》——盲人《もうじん》のために作《つく》られた盲人《もうじん》が使《つか》う本《ほん》』を出版《しゅっぱん》。ブライユの点字《てんじ》が完成《かんせい》する。
1831年《ねん》	22歳《さい》	父《ちち》シモン＝ルネが亡《な》くなる（享年《きょうねん》66）。
1832年《ねん》	23歳《さい》	数字《すうじ》の点字《てんじ》を考案《こうあん》する。
1833年《ねん》	24歳《さい》	盲学校《もうがっこう》の正教師《せいきょうし》となる。
1834年《ねん》	25歳《さい》	聖《せい》ニコラ・デ・シャン教会《きょうかい》のオルガン奏者《そうしゃ》となる。パリの産業製品博覧会《さんぎょうせいひんはくらんかい》で自分《じぶん》の点字《てんじ》の実演《じつえん》を行《おこな》う。このころには、点字楽譜《てんじがくふ》の基礎《きそ》となる音楽記号《おんがくきごう》を完成《かんせい》させる。
1835年《ねん》	26歳《さい》	肺結核《はいけっかく》と診断《しんだん》される。
1836年《ねん》	27歳《さい》	フランス語《ご》にはないW《ダブリュー》を点字《てんじ》に加《くわ》える。
1837年《ねん》	28歳《さい》	ブライユの点字《てんじ》を使《つか》った『フランス史概説《しがいせつ》』（全《ぜん》3巻《かん》）を盲学校《もうがっこう》が発行《はっこう》する。
1839年《ねん》	30歳《さい》	目《め》の見《み》える人《ひと》と見《み》えない人《ひと》が伝《つた》えあえる点線文字《てんせんもじ》「デカポワン」を開発《かいはつ》。『文字《もじ》の形《かたち》そのまま、地図《ちず》、幾何図《きかず》、音楽記号《おんがくきごう》などを点《てん》で描《えが》くための盲人用新方法《もうじんようしんほうほう》』を発行《はっこう》する。

1830年《ねん》	フランス7月革命《がつかくめい》が起《お》こる。
1833年《ねん》	日本《にっぽん》 天保《てんぽう》の大飢饉《だいききん》が起《お》こる。
1836年《ねん》	パリの凱旋門《がいせんもん》が完成《かんせい》する。
1837年《ねん》	日本《にっぽん》 大塩平八郎《おおしおへいはちろう》の乱《らん》が起《お》こる。 イギリスのビクトリア女王《じょおう》が即位《そくい》する。

1840年《ねん》	31歳《さい》	新校長《しんこうちょう》デュフォーが楽譜以外《がくふいがい》の点字《てんじ》の使用《しよう》を禁《きん》じる。
1841年《ねん》	32歳《さい》	「デカポワン」を書《か》く機械《きかい》「ラフィグラフ」を友人《ゆうじん》フーコーとともに開発《かいはつ》する。
1843年《ねん》	34歳《さい》	4月《がつ》、健康状態《けんこうじょうたい》が悪《わる》くなり、10月《がつ》まで故郷《こきょう》クーヴレ村《むら》で静養《せいよう》する。『盲人《もうじん》に一般文字《いっぱんもじ》を書《か》かせるための番号表《ばんごうひょう》』を発行《はっこう》する。
1844年《ねん》	35歳《さい》	盲学校《もうがっこう》の新校舎《しんこうしゃ》の落成式《らくせいしき》が行《おこな》われる。ここでブライユ点字《てんじ》の実演《じつえん》が行《おこな》われ、その正確《せいかく》さが認《みと》められる。
1850年《ねん》	41歳《さい》	肺結核《はいけっかく》が悪化《あっか》し、音楽《おんがく》の授業《じゅぎょう》しか行《おこな》えなくなる。
1852年《ねん》	43歳《さい》	1月《がつ》6日《か》、盲学校《もうがっこう》の保健室《ほけんしつ》で亡《な》くなる。クーヴレ村《むら》の墓地《ぼち》に埋葬《まいそう》される。
1854年《ねん》	没後《ぼつご》2年《ねん》	フランス政府《せいふ》がブライユの点字《てんじ》を、目《め》の見《み》えない人《ひと》の読《よ》み書《か》きの方法《ほうほう》として公式《こうしき》に認《みと》める。
1952年《ねん》	没後《ぼつご》100年《ねん》	遺骨《いこつ》がクーヴレ村《むら》から、フランスの国民的英雄《こくみんてきえいゆう》が祀《まつ》られるパリのパンテオンに移《うつ》される。

1840年《ねん》	アヘン戦争《せんそう》がはじまる。
1841年《ねん》	日本《にっぽん》 天保《てんぽう》の改革《かいかく》がはじまる。
1848年《ねん》	フランス2月革命《がつかくめい》（第《だい》2次《じ》共和制《きょうわせい》）。
1852年《ねん》	ナポレオン3世《せい》即位《そくい》（第《だい》2次《じ》帝政《ていせい》）。
1901年《ねん》	日本《にっぽん》 石川倉次《いしかわくらじ》による日本点字《にっぽんてんじ》が正式採用《せいしきさいよう》される。
1953年《ねん》	日本《にっぽん》 NHK《エヌエイチケー》がテレビ本放送《ほんほうそう》を開始《かいし》。

〈主《おも》な参考資料《さんこうしりょう》〉

『ルイ・ブライユの生涯《しょうがい》 天才《てんさい》の手法《しゅほう》』（日本点字委員会《にほんてんじいいんかい》）

『点字発明者《てんじはつめいしゃ》の生涯《しょうがい》』（朝日新聞社《あさひしんぶんしゃ》）

『ブライユ 目《め》の見《み》えない人《ひと》が読《よ》み書《か》きできる〝点字《てんじ》〟を発明《はつめい》したフランス人《じん》』（偕成社《かいせいしゃ》）

『小学館版《しょうがくかんばん》 学習《がくしゅう》まんが人物館《じんぶつかん》　ルイ・ブライユ』（小学館《しょうがくかん》）

『コミック版《ばん》　世界《せかい》の伝記《でんき》　ルイ・ブライユ』（ポプラ社《しゃ》）

『さわっておどろく！　点字《てんじ》・点図《てんず》がひらく世界《せかい》』（岩波書店《いわなみしょてん》）

https://lejournaldusiecle.com/ (LE JOURNAL DU SIECLE)

http://lespetitsmaitres.com/ (LES PETITS MAITRES)

Shogakukan Junior Bunko

★小学館ジュニア文庫★

ルイ・ブライユ
暗闇に光を灯した十五歳の点字発明者

2017年 3 月27日　初版第 1 刷発行

著者／山本徳造
イラスト／松浦麻衣
監修／広瀬浩二郎

文中イラスト／柏ぽち（点字の道具とシュロの葉）
資料協力／関戸詳子

発行人／立川義剛
編集人／吉田憲生
編集／油井 悠

発行所／株式会社　小学館
〒101-8001　東京都千代田区一ツ橋２－３－１
電話　編集　03-3230-5105
販売　03-5281-3555

印刷・製本／加藤製版印刷株式会社

デザイン／岡崎恵子

Printed in Japan　　ISBN 978-4-09-231141-1

〈ジュニア文庫でしか読めないオリジナル〉

お悩み解決！ ズバッと同盟　長女VS妹、仁義なき戦い!?

緒崎さん家の妖怪事件簿

華麗なる探偵アリス&ペンギン　ワンダー・チェンジ！
華麗なる探偵アリス&ペンギン　ミラー・ラビリンス
華麗なる探偵アリス&ペンギン　サマー・トレジャー
華麗なる探偵アリス&ペンギン　トラブル・ハロウィン
華麗なる探偵アリス&ペンギン　ペンギン・パニック！
華麗なる探偵アリス&ペンギン　ミステリアス・ナイト
華麗なる探偵アリス&ペンギン　アリスVS.ホームズ

九丁目の呪い花屋
きんかつ！

ギルティゲーム
ギルティゲーム　STAGE2 無限駅からの脱出

銀色☆フェアリーテイル　①あたしだけが知らない街
銀色☆フェアリーテイル　②きみだけに贈る歌

次はどれにする？　おもしろくて楽しい新刊が、続々登場!!

★小学館ジュニア文庫★ ワクワク、ドキドキがいっぱいのラインナップ

ぐらん×ぐらんぱ！ スマホジャック

12歳の約束
白魔女リンと3悪魔 フリージング・タイム
白魔女リンと3悪魔 レイニー・シネマ
白魔女リンと3悪魔 スター・フェスティバル
白魔女リンと3悪魔 ダークサイド・マジック

のぞみ、出発進行!!
バリキュン!!
ホルンペッター
さくら×ドロップ レシピ1：チーズハンバーグ
ちえり×ドロップ レシピ1：マカロニグラタン
みさと×ドロップ レシピ1：チェリーパイ
ミラチェンタイム☆ミラクルらみぃ
メデタシエンド。～ミッションはおとぎ話のお姫さま……のメイド役!?～

もしも私が【星月ヒカリ】だったら。
夢は牛のお医者さん
螺旋のプリンセス

〈思わずうるうる…感動ストーリー〉

きみの声を聞かせて 猫たちのものがたり―まぐ・ミクロ・まる―
こむぎといつまでも―余命宣告を乗り越えた奇跡の猫ものがたり―
世界からボクが消えたなら 映画「世界から猫が消えたなら」キャベツの物語
世界から猫が消えたなら
世界の中心で、愛をさけぶ
天国の犬ものがたり～ずっと一緒～
天国の犬ものがたり～わすれないで～
天国の犬ものがたり～未来～
天国の犬ものがたり～夢のバトン～
天国の犬ものがたり～ありがとう～

動物たちのお医者さん
わさびちゃんとひまわりの季節

〈背筋がゾクゾクするホラー&ミステリー〉

怪奇探偵カナちゃん
恐怖学校伝説
恐怖学校伝説　絶叫怪談
こちら魔王110番!
リアル鬼ごっこ

ニホンブンレツ(上)
ニホンブンレツ(下)

〈時代をこえた面白さ!!　世界名作シリーズ〉

小公女セーラ
小公子セドリック
トム・ソーヤの冒険
フランダースの犬
オズの魔法使い
坊っちゃん

次はどれにする?　おもしろくて楽しい新刊が、続々登場!!

★「小学館ジュニア文庫」を読んでいるみなさんへ★

この本《ほん》の背《せ》にあるクローバーのマークに気《き》がつきましたか？

オレンジ、緑《みどり》、青《あお》、赤《あか》に彩《いろど》られた四《よ》つ葉《ば》のクローバー。これは、小学館《しょうがくかん》ジュニア文庫《ぶんこ》のマークです。そして、それぞれの葉《は》の色《いろ》には、私《わたし》たちがジュニア文庫《ぶんこ》を刊行《かんこう》していく上《うえ》で、みなさんに伝《つた》えていきたいこと、私《わたし》たちの大切《たいせつ》な思《おも》いがこめられています。

オレンジは愛《あい》。家族《かぞく》、友達《ともだち》、恋人《こいびと》。みなさんの大切《たいせつ》な人《ひと》たちを思《おも》う気持《きも》ち。まるでオレンジ色《いろ》の太陽《たいよう》の日差《ひざ》しのように心《こころ》を暖《あたた》かにする、人《ひと》を愛《あい》する気持《きも》ち。

緑《みどり》はやさしさ。困《こま》っている人《ひと》や立場《たちば》の弱《よわ》い人《ひと》、小《ちい》さな動物《どうぶつ》の命《いのち》に手《て》をさしのべるやさしさ。緑《みどり》の森《もり》は、多《おお》くの木々《きぎ》や花々《はなばな》、そこに生《い》きる動物《どうぶつ》をやさしく包《つつ》み込《こ》みます。

青《あお》は想像力《そうぞうりょく》。芸術《げいじゅつ》や新《あたら》しいものを生《う》み出《だ》していく力《ちから》。立場《たちば》や考《かんが》え方《かた》、国籍《こくせき》、自分《じぶん》とは違《ちが》う人《ひと》たちの気持《きも》ちを思《おも》い、協力《きょうりょく》しあうことも想像《そうぞう》の力《ちから》です。人間《にんげん》の想像力《そうぞうりょく》は無限《むげん》の広《ひろ》がりを持《も》っています。まるで、どこまでも続《つづ》く、澄《す》みきった青《あお》い空《そら》のようです。

赤《あか》は勇気《ゆうき》。強《つよ》いものに立《た》ち向《む》かい、間違《まちが》ったことをただす気持《きも》ち。くじけそうな自分《じぶん》の弱《よわ》い気持《きも》ちに立《た》ち向《む》かうことも大《おお》きな勇気《ゆうき》です。まさにそれは、赤《あか》い炎《ほのお》のように熱《あつ》く燃《も》え上《あ》がる心《こころ》。

四《よ》つ葉《ば》のクローバーは幸《しあわ》せの象徴《しょうちょう》です。愛《あい》、やさしさ、想像力《そうぞうりょく》、勇気《ゆうき》は、みなさんが未来《みらい》を切《き》りひらき、幸《しあわ》せで豊《ゆた》かな人《じん》生《せい》を送《おく》るためにすべて必要《ひつよう》なものです。

体《からだ》を成長《せいちょう》させていくために、栄養《えいよう》のある食《た》べ物《もの》が必要《ひつよう》なように、心《こころ》を育《そだ》てていくためには読書《どくしょ》がかかせません。みなさんの心《こころ》を豊《ゆた》かにしていく本《ほん》を一冊《さつ》でも多《おお》く出《だ》したい。それが私《わたし》たちジュニア文庫編集部《ぶんこへんしゅうぶ》の願《ねが》いです。

みなさんのこれからの人生《じんせい》には、困《こま》ったこと、悲《かな》しいこと、自分《じぶん》の思《おも》うようにいかないことも待《ま》ち受《う》けているかもしれません。どうか「本《ほん》」を大切《たいせつ》な友達《ともだち》にしてください。どんな時《とき》でも「本《ほん》」はあなたの味方《みかた》です。そして困難《こんなん》に打《う》ち勝《か》つヒントをたくさん与《あた》えてくれるでしょう。みなさんが「本《ほん》」を通《つう》じ素敵《すてき》な大人《おとな》になり、幸《しあわ》せで実《みの》り多《おお》い人生《じんせい》を歩《あゆ》むことを心《こころ》より願《ねが》っています。

小学館ジュニア文庫編集部